XIQING DA YUNHE
SHICHAO

西青大运河诗钞

西青区杨柳青大运河国家文化公园项目建设工作指挥部 编著

杨鸣起

冯立 ◎主编

天津出版传媒集团

天津人民出版社

图书在版编目(CIP)数据

西青大运河诗钞 / 西青区杨柳青大运河国家文化公园项目建设工作指挥部编著 ; 杨鸣起, 冯立主编 . -- 天津 : 天津人民出版社, 2021.12

ISBN 978-7-201-17949-0

Ⅰ.①西… Ⅱ.①西… ②杨… ③冯… Ⅲ.①诗词—作品集—中国 Ⅳ.①I222

中国版本图书馆 CIP 数据核字(2021)第 265747 号

西青大运河诗钞
XIQING DA YUNHE SHICHAO

出　　版	天津人民出版社	
出 版 人	刘　庆	
地　　址	天津市和平区西康路35号康岳大厦	
邮政编码	300051	
邮购电话	(022)23332469	
电子信箱	reader@tjrmcbs.com	

责任编辑	吴　丹	
装帧设计	汤　磊	
书名题字	冯中和	

印　　刷	天津新华印务有限公司	
经　　销	新华书店	
开　　本	710毫米×1000毫米　1/16	
印　　张	26	
插　　页	1	
字　　数	268千字	
版次印次	2021年12月第1版　　2021年12月第1次印刷	
定　　价	158.00元	

编委会

让运河诗钞传承好中华文脉

冯 立

大运河作为一条贯通中国南北的大动脉，不仅是中国南北沿岸各地物资交流的载体，也是文化传播的载体，维系着中华文脉。杨柳青是大运河上的著名古镇，她有着如诗如画的名字和深厚的文化底蕴。

由于杨柳青是大运河上的重要节点，南来北往的文人雅士曾经在这里留下众多诗篇。其中很多描写了运河风光、西青沿河各地的风光，很多借泊船、杨柳而寄托离别与忧伤，还有很多记述了这里的人和事。《尚书·尧典》中曾记载舜的名句："诗言志，歌永言。"《文心雕龙·明诗》中赞曰："民生而志，咏歌所含。兴发皇世，风流《二南》。神理共契，政序相参。英华弥缛，万代永耽。"

据了解，虽然历史上很多诗人因运河或者运河沿岸之地、之人、之事、之物有着众多的佳作，但国内至今还没有一部以大运河为主题的诗钞。为了弘扬大运河文化、介绍家乡文化、为杨柳青大运河国家文化公园的建设提供文史支持，编者不揣鄙陋，通过图书馆、网络等渠道，深入古籍，努力搜集、考证大运河西青段相关的古诗词，得元、明、清三代诗词二百八十四首汇集成书。其中一些古诗的寻得颇费周折。如，明代蒋一葵的《长安客话》中"杨柳青"条目下有"潘中书季纬诗亦有'客路蘼芜绿，人家杨柳青'之句。"此后书籍多因袭之，但皆无全诗，亦没有对"潘季纬"为谁的说明。笔者查找该诗六年没有找到任何线索，于2018年初，突悟诗人名字可能不是潘季纬，而是蒋一葵把诗

西青大运河诗钞

XIQING DA YUNHE SHICHAO

人的排行(古人习惯以"季"表示排行第三或第四的男孩)加进了名字，诗人名字可能是潘纬。后上网检索"潘纬"条目果然有此人，其诗作为《潘象安集》。在《潘象安集》卷二中找到该诗。其他古诗的查找基本类此。

诗钞是对某一类别诗词抄录的集成。一般对作者做一定的介绍，并抄录其相关的诗作，而不对诗作进行具体的解读和点评。如梅成栋主编的《津门诗钞》就是对涉及天津的诗作的抄录集成。本书循诗钞之惯例，抄录诗词原文而不做翻译与解读。为体现这项工作的严肃性，每首诗词后面都注明了诗词出处。诗词作者有乾隆这样的皇帝，有程敏政、于慎行、管干珍这样的高官，也有谢榛、孔尚任、翁方纲这样的文人名士，其各人性格、事迹、诗风多有可圈点处，故每首诗词后面有"作者简介"作为该诗词的延伸阅读。诗钞围绕运河，按不同主题分章，每章内按作者所处年代排序，以方便读者阅读。本书还收录了一些能够反映西青文化特别是运河文化的历史照片，其中很多是首次公开，希望它们能帮助读者更好地认识西青运河文化，能够为本书增添色彩。

《西青大运河诗钞》虽然只是大运河一段之地的古诗钞，但它却连着大运河，乃至中华民族的文脉。我们编写此书的目的就是希望我们的运河文化、中华传统文化能够被保护好、传承好、利用好。

此书的编写得到了西青区杨柳青大运河国家文化公园项目建设领导小组的重视，得到了诸多学者的关注和支持，得到了西青群众的关心和鼓励，特别是九十四岁高龄的著名学者、山东大学终身教授路遥先生专门为此书题词。这都是对本书编写的激励，在此一并感谢。

|目录|

·津西览胜·

·御河行吟·

·古渡泊舟·

运河名镇

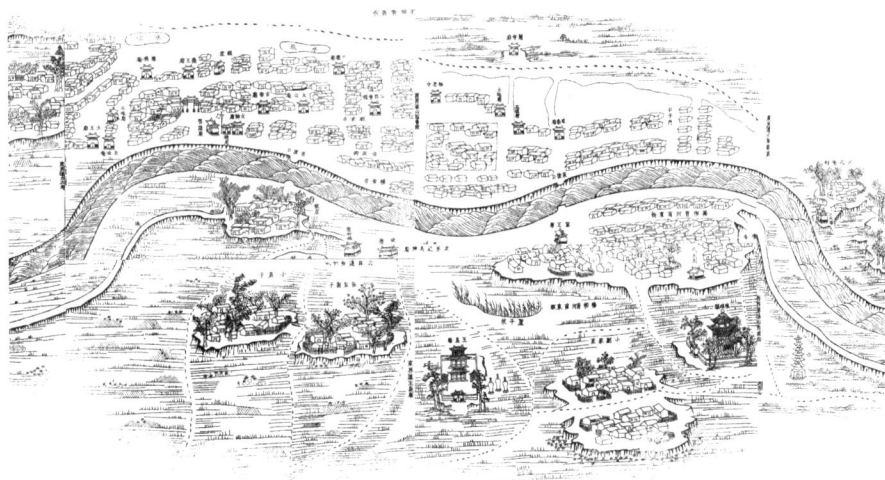

津门保甲图之杨柳青部分

朱窝杨柳青地近沧州
余爱其名雅作古调五首

(元)袁 桷

朱窝杨柳青，
明日是清明。
地下不识醉，
悲欢总人情。

朱窝杨柳青，
客亭尘漫漫。
为你多离别，
我生无由完。

朱窝杨柳青，
黄河泻如注。
还俟飞絮时，
相同入海去。

朱窝杨柳青，
自爱青青好。
亦如远行客，

相逢不知老。

朱窝杨柳青，
桃杏斗颜色。
颜色虽不同，
时节各自得。

〔**出处**〕《清容居士集》（第十三卷）。此诗为目前发现的"杨柳青"
之名在文献中的最早记载。

〔**作者简介**〕袁桷（1266—1327），元代著名才子，字伯长，号清容
居士，晚号见一居士。他是庆元鄞县（今为浙江宁波鄞州区）人，元代
重要的史学家、文学家、藏书家、书法家，是浙东史学派的代表人物之
一。元大德年间，历任翰林国史院检阅官、翰林直学士、知制诰、同修
国史，后来又拜为侍讲学士。袁桷奉旨修元成宗、元武宗、元仁宗三
朝大典，获元英宗赏识，并参与宋、辽、金史的撰写。泰定初，辞官还
乡。赠中书省参知政事，逝世后被追封为陈留郡公，谥文清。

钱基博在其《中国文学史》中讲："及孟頫以宋王孙征起，风流儒
雅，天子侧席；邓文原、袁桷连茹接踵，而南风亦竞，于是虞、杨、范、
揭，南州之秀，一时并起。"（作者按：这里所说的"虞、杨、范、揭"是指
虞集、杨载、范梈、揭傒斯，这四个人被称为"元诗四大家"）而纪晓岚
等人在编纂《四库全书》时则称赞袁桷"其诗格俊迈高华，造语亦多工
炼，卓然能自成一家。盖桷本旧家文献之遗，又当大德延祐间为元治
极盛之际，故其著作宏富、气象光昌，蔚为承平雅颂之声。文采风流

遂为虞、杨、范、揭等先路之导,其承前启后称一代文章之巨公良无愧色矣!"可见在文学史上,袁桷是早于揭傒斯(1274—1344)等人成名的前辈大家,是他们的"先路之导"。

杨柳青镇航拍旧影（于培福拍摄）

杨柳青谣

（元末明初）瞿　佑

昔闻杨柳青，

今见杨柳黄。

三秋既迫暮，

午夜仍飞霜。

黄时辞旧枝，

青眼存生意。

稍待春阳回，

又看柔荑翠。

荣枯互乘除，

气运长相参。

在物尚如此，

在人何以堪。

乔林蔽日昏，

古树停云密。

为作短歌行，

聊备东府什。

〔**出处**〕《乐全稿》

〔**作者简介**〕瞿佑(1347—1433)，"佑"一作"祐"，字宗吉，号存斋。钱塘人，元末明初文学家。幼有诗名。洪武中，经人举荐历任仁和、临安等县训导，升周王府长史。永乐间，因诗获罪，谪戍保安十年。洪熙元年(1425)英国公张辅奏请赦还，先在英国公家主持家塾三年，后官复原职，内阁办事，后归居故里，以著述度过余年。著有《存斋诗集》《闻史管见》《香台集》《咏物诗》《存斋遗稿》《乐府遗音》《归田诗话》《剪灯新话》《乐全集》等二十余种。其传奇小说《剪灯新话》，承上启下，在中国小说史上有一定地位。

杨柳青御河旧貌(西青区档案馆提供,冯立彩化)

静海道中地名杨柳青园林隐映可爱

(明)程敏政

春阴澹沱绿杨津,

两岸风来不动尘。

一日船窗见桃李,

便惊身是卧游人。

〔**出处**〕《篁墩文集》（卷六十八）

〔**作者简介**〕程敏政（1446—1499），字克勤，中年后号篁墩，又号篁墩居士、篁墩老人、留暖道人，明代南直隶徽州府休宁县人，隶沈阳中屯卫籍，出生于河间。后居歙县篁墩（在今屯溪），故时人又称之为程篁墩。南京兵部尚书程信之子。

程敏政自幼聪明，"资禀灵异，少时一目数行"。十余岁时，以"神童"被荐入朝，就读于翰林院。成化丙戌科一甲二名进士，为同榜三百五十余人中最少者。授翰林院编修，官至礼部右侍郎。后涉徐经、唐寅科场案被下狱。出狱后，愤恚发痈而卒，赠礼部尚书。

《明史》称程敏政"学问该博"。

《国朝献征录》称："敏政人秀眉长髯，风神清茂，善谈论，性复疏，于书无所不读，文章为时辈所推。"对于他涉案一事，则称："但言官劾其主考任私之事，实未尝有。盖当时有谋代其位者，嗾给事中华昶言之，遂成大狱，以致愤恨而死。有知者至今多冤惜之。"

程敏政聪明多才，轶闻多有记载。明代张谊《宦游纪闻》载："安南使入朝，出一对云：'琴瑟琵琶八大王，一般头脑。'程敏政对曰：'魑魅魍魉四小鬼，各样肚肠。'"

杨柳青

(明)谢 迁

直沽南头杨柳青，
昔时杨柳今凋零。
霜风满地散黄叶，
河边索寞①双邮亭。
人道垂杨管离别，
南来北往竞攀折。
我来袖手怜枯枝，
踟蹰临河驻旌节。
五云回首怀汉宫，
丹枫转眼经霜空。
李梅冬食岂佳味，
垂涎奔走嗤狂童。
阳回万物自生色，
斡旋造化惭无力。
百年心迹岁寒同，
却忆南山旧松柏。

〔出处〕《归田稿》（卷八）

---

①索寞，寂寞萧索。

〔作者简介〕谢迁(1450—1531),字于乔,号木斋,浙江余姚人。出生时,家里正购得新居,故名"迁"。明成化十一年(1475)状元。授翰林院修撰,累迁左庶子。皇太子出阁,加太子少保、兵部尚书兼东阁大学士。武宗即位后,谢迁晋升为少傅兼太子太保。多次进谏遭拒绝后请辞,被皇帝慰留。直到请诛专权的宦官刘瑾不成时,与刘健一起辞官回乡。刘瑾怨恨谢迁,加以迫害。人们都为谢迁的安危担心,但谢迁自己下棋、赋诗,谈笑自若。刘瑾被诛后,朝廷复其官职,谢迁不受。世宗皇帝即位后,派官到谢迁家请其复职,对其厚待,天寒免入朝,赐诗、遣医赐药、赐酒。谢迁逝世后,明世宗特赠太傅衔,谥号文正。

谢迁自幼聪明。七岁,能属对。其祖父与夜坐,偶闻蛙声,随曰:"蛙鸣水泽,为公乎?为私乎?"迁应声徐曰:"马出河图,将治也?将乱也?"其祖父遂奇之。一日,一客出对曰:"白犬当门,两眼睁睁惟顾主。"谢迁应声道:"黄蜂出洞,一心耿耿只随王。"于是,人们都知道他必是公辅之器。

《明史》称:"迁仪观俊伟,秉节直亮。与刘健、李东阳同辅政,而迁见事明敏,善持论。时人为之语曰:'李公谋,刘公断,谢公尤侃侃。'天下称贤相。"

《钦定四库全书·〈归田稿〉提要》称其"所作诗文大抵词旨和平,惟惓惓焉托江湖魏阙之思,以冀其君之一悟。老臣爱国之心实有流溢于不自觉者"。

20世纪50年代的文昌阁（冯宗旺提供，冯立彩化）

别汪子维舟次杨柳青有寄

（明）潘　纬

牵衣别短亭，

解缆下长汀。

客路蘼芜绿，

人家杨柳青。

点入杨柳青，妙！

一樽醒复醉，

孤棹去还停。

回首天南北，

何时更聚星？

〔**出处**〕《潘象安集》（卷二）

〔**作者简介**〕潘纬（生卒年不详），字仲文，一字象安，歙县人。明万历中，以监生授武英殿中书舍人。

潘纬垂髫之年即能作诗，隐居于白岳（今安徽齐云山）之下，不随便与人交往。曾在隆庆朝为内阁首辅的李春芳闻其才行，延请三反乃往，为布衣之交。李春芳命其子以兄长事之。当时，公卿大夫都上门相见。曾因其妻未生子而在真州买妾，遇到因还债而卖女儿者，潘纬把钱都给了他，让他回家。在李春芳门下十年，之后出任中书舍人。撰有《潘象安集》。

明代著名戏曲家、抗倭名将汪道昆称潘纬"当世以布衣雄者二，得象安而三"，"古者诗在闾巷，当世率以反舌，而诋布衣，如得象安一鸣，则希有鸟也"。

钱谦益在《列朝诗集》中称潘纬的诗"攻苦精思，摆落凡近，如秋水芙蓉，亭亭自远"，称潘纬在当时的诗人群中"厚自拂拭，俪然自远，视一时才笔之士，殆如独鹤之在鸡群，而时人或未之知也，当与具眼人共推之耳"。

杨柳青

（明末清初）程可则

初月空明荡晚汀，

天风吹面更扬舲。

数声款乃①夕阳暮，

一曲烟村杨柳青。

〔出处〕《海日堂集》诗之五

〔作者简介〕程可则（1624—1673），字周量，又字湟溱，号石曜，广东南海人。《广东通志》称其五岁读书，十岁能文，有神童之目。顺治辛卯（1651），以诗经荐，壬辰（1652）会试，举礼部第一。被争议指责，不得与殿试。庚子（1660）春，应阁试，授内阁撰文中书，寻改内秘书院。后累迁至广西桂林知府，会檄撤藩部归京。程可则以敏捷干练著称，卒于任。

程可则诗文闻名于世，与王士祯等人齐名。著有《海日堂集》《遥集楼诗草》《萍花草》。

明末清初的著名文学家龚鼎孳称《海日堂集》"清英苍健，根柢风雅，都人士传观惊叹，等于上林羽猎之书"。

---

① 编者按：款乃，应为欸乃之误。欸乃，行船摇桨或摇橹的声音。

杨柳青

（清）田　霡

春风春雨不堪听，
推起篷窗到驿亭。
放眼潞河穷两岸，
果然杨柳早青青。

〔**出处**〕《鬲津草堂诗》

〔**作者简介**〕田霡（1653—？），字子益，号乐园，又号香城居士，德州人。康熙二十五年（1686）拔贡生，授堂邑县教谕，因病未能赴任。与其兄田雯以诗见称当时，著名诗人、诗词理论家得到王士祯的"亟赏"。著有《鬲津草堂诗》。

王士祯在《鬲津草堂诗序》中说："昔司空表圣作《诗品》二十四，有谓冲淡者，曰'遇之匪深，即之愈稀'；有谓自然者，曰'俯拾即是，不取诸邻'；有谓清奇者，曰'神出古异，澹不可收'。是三者，品之最上，而子益之诗有之，视世之滔滔不返者不可同日而语矣。"

杨柳青

（清）吴　光

一

垂杨处处接前汀，

此地偏名杨柳青。

望里何人不肠断，

白云苍雾又孤亭。

二

江上人家柳色多，

画舸烟雨共婆娑。

渡头更恼江南客，

仍遣长条蘸碧波。

〔出处〕《使交集》

〔作者简介〕吴光（生卒年不详），字迪前，号长庚，浙江归安人。清顺治十八年（1661）探花，授翰林院编修。工诗，著有《南山草堂集》《耕余集》等。

吴光出生前，其母曾梦见一白衣拄杖，自称长庚星。所以，吴光号长庚。他幼年颖悟，经史过目成诵，八岁即能赋诗。

康熙三年（1664），吴光奉命谕祭安南（即今越南）的两位国王，并册封黎维禧为新国王。后安南按惯例馈赠礼物，吴光一概不受。吴

光将出使安南所咏往返沿途风光之诗合为一集。因安南古称交趾，古诗集名《交趾集》。

同时代的名士、诗人，康熙三年（1664）状元严我斯称《交趾集》"神思萧朗，风格遒上，虽无境不臻、无奇不剖，而矩镬高古，撷汉魏开宝之菁华。五言古体，则神似康乐，上过东阿，行具少陵之沉雄，与陇坂、剑门诸作争驰。律体合右丞、常侍为一人，不涉大历以后，备得扶舆、磊砢之概"。

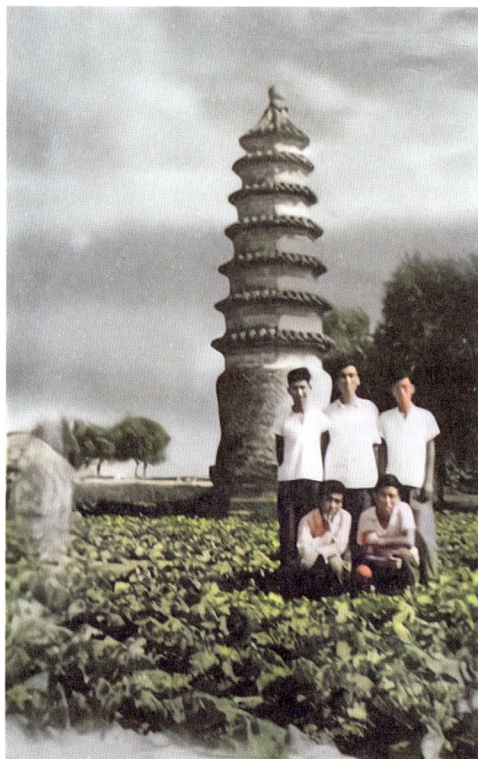

20世纪50年代的普亮宝塔(冯宗旺提供,冯立彩化)

杨柳青

(清)顾嗣立

两岸人家水半扃,

秋风吹浪过沙汀。

寒蝉老树斜阳里,

不是春来杨柳青。

〔**出处**〕《秀野草堂诗稿》卷四十五

〔**作者简介**〕顾嗣立(1665—1722),字侠君,号闾邱,长洲(今苏州)人。少孤失学,二十岁始学诗。康熙五十一年(1712)会试,特赐进士,任翰林院庶吉士。后以散馆改知县,移疾而归。以豪饮闻名。

著有《秀野草堂诗稿》等。

杨柳青

（清）杨锡绂

五旬风露历朝昏，

尺寸河流日较论。

只有海潮循旧约，

迎人先已过津门。

天津潮直到杨柳青。

〔出处〕王昶《湖海诗传》卷四

〔作者简介〕杨锡绂（1700—1768），字方来，号兰畹，江西清江人。雍正五年（1727）进士，历官吏部主事、贵州道御史、广东肇罗道、广西布政使、广西巡抚、礼部侍郎、刑部侍郎、湖南巡抚、山东巡抚、漕运总督等。有政绩。任漕运总督时编有《漕运全书》。著有《四知堂文集》。

王昶《蒲褐山房诗话》称其诗"清新疏秀"。

杨柳青

(清)常青岳

飞絮拖条遍水滨，
春风一道动游人。
若能识得青青意，
杨柳成吟句子新。

〔**出处**〕《晚菘堂集》

〔**作者简介**〕常青岳(生卒年未详)，字末山，一字雨来，交河人。雍正元年(1723)举人，历竹山知县，官江西南康府同知。著有《晚菘堂集》二卷。

宿杨柳青

（清）英　廉

孤村倚长河，

客枕临秋水。

知有南来船，

烟中闻吴语。

〔出处〕《梦堂诗稿》（卷八）

〔作者简介〕英廉（1707—1783），冯氏，字计六，号梦堂，别号竹井老人，谥文肃，福余（今属辽宁）人，内务府汉军镶黄旗籍。雍正十年（1732）举人。自笔帖式授内务府主事，历官江南河工学习、淮安府外河同知、永定河道、内务府正黄旗护军统领、江宁布政使兼织造、内务府大臣、户部侍郎、刑部尚书、正黄旗满洲都统、四库馆正总裁，官至东阁大学士，加太子太保。和珅之岳祖丈，亲自培养和珅步入仕途。著有《梦堂诗稿》，参与编纂《全毁抽毁书目》《钦定日下旧闻考》《钦定皇舆西域图志》《钦定兰州纪略》等。

杨柳青

（清）李调元

管弦随画舫，

曲折逐邮亭。

天雨蔚蓝碧，

人烟杨柳青。

烟深村不辨，

雨过市微腥。

此地鱼虾贱，

谁为倒醁醽。

〔**出处**〕《童山诗集》（卷十八）

〔**作者简介**〕李调元（1734—1803），字羹堂，号雨村，别署童山蠢翁，四川罗江县人。清代四川戏曲理论家、诗人。自幼聪明，有神童之誉。李调元与张问陶（张船山）、彭端淑合称"清代蜀中三才子"。

乾隆二十八年（1763）中进士，改翰林院庶吉士，散馆授吏部主事，历任吏部考功司员外郎、直隶通永兵备道等职。

李调元为人刚直不阿。他任吏部考功司主事时，负责每月初一、十五送百官履历升降循环簿签至宫门，交值日太监转呈乾隆皇帝，换回由乾隆钦审的簿册。吏部员外郎刘尊说："凡新任司员若不送礼金，不免遭太监责难。"李调元说："为公事安用贿？且无故私谒，独不畏近侍乎!"内掌太监高云从因李调元不守送礼的规矩,大加刁难,往往交簿后借故不出来。四月初一,已经申时,高云从才出,却说李调元误时,大加训斥。李调元厉声回应:"余位虽卑,乃朝廷命官,有罪自有司法,汝何得擅骂。"他揪住高云从的衣服要见乾隆理论,为人劝阻。后来高云从因事被废。不久,此事被乾隆所知。高云从后又被查出漏泄循环簿百官升降事,被处以极刑,这事也株累了很多高官。

不谙官场规矩的李调元后来被诬免职,发配伊犁。经人援救得以回乡。

晚年的李调元潜心文艺,其著作甚丰,主要有《童山诗集》四十卷,戏曲理论著作《雨山曲话》《雨村剧话》等。

对于戏剧他有独到的见解,曾经说:"夫人生,无日不在戏中。富贵、贫贱、夭寿、穷通,攘攘百年,电光石火,离合悲欢,转眼而毕,此亦如戏之顷刻而散场也。故夫达而在上,衣冠君子之戏也;穷而在下,负贩小人之戏也。今日为古人写照,他年看我辈登场。"

《清史列传》称其"所作诗文,天才横逸,不假修饰"。《国朝全蜀诗钞》则评价其诗"少作多可存,晚年有率易之病,识者宜分别观之"。

杨柳青药王庙旧影（取自《天津县第三区杨柳青镇概况书》）

杨柳青

（清）吴锡麟

簇簇人烟散市余，

萧萧古驿卸帆初。

秋阴欲暝去为雨，

寒桨若飞来卖鱼。

客过析津添日记，

田经吴下课农书。

天津自明汪应蛟传江南治地法始种稻。

得归我共垂杨健，

绿发风前未肯疏。

〔**出处**〕《有正味斋诗集》(卷八)

〔**作者简介**〕吴锡麟(1746—1818),字圣征,号谷人,浙江钱塘人。清乾隆四十年(1775)进士,改翰林院庶吉士,散馆授编修,后擢右赞善,入值上书房,转侍讲、侍读,升国子监祭酒。不喜欢趋附权贵,却在王公贵胄中享有盛名。嗜好饮酒,没有下酒菜时以书佐酒。以亲老乞归故里。主讲于扬州安定书院、乐仪书院。

《清史列传》称其"天资超迈,吟咏至老不倦","诗才超越"。

著有《有正味斋骈文》,被艺林奉为圭臬。朝鲜使者用金饼购买。

津门杂咏

（清）吴锡麒

郎去芦台柳又秋，
妾居柳口望芦洲。
柳丝若绾郎心住，
愿守芦花共白头。

〔**出处**〕《有正味斋诗集》（卷八）
〔**作者简介**〕前文《杨柳青》诗后有介绍，不赘。

杨柳青

（清）顾宗泰

一

杨柳青垂驿，

蘼芜绿到船。

风流吟往句，

好景故依然。

首二句于文定慎行诗。

二

疏雨疑初湿，

凉烟欲半含。

攀条不忍折，

燕北望江南。

〔出处〕《月满楼诗集》（卷二十三）

〔作者简介〕顾宗泰（1749—?），字景岱，号昆桥，江苏元和（今苏州）人。清乾隆四十年（1775）进士，历官吏部主事、高州知府。嘉庆十一年（1806）掌教娄东书院，十三年（1808）入浙主万松书院。工诗文。家有月满楼，为文人雅集之地。著有《月满楼诗集》《月满楼文集》等。

杨柳青小歌

（清）顾宗泰

一

记取当年旧驿亭，

独流流水送吴舲。

清风三尺丝千缕，

又见芳津杨柳青。

二

沧酒斟残醉复醒，

直沽烟景几回经。

此间不是江南路，

却忆苏台杨柳青。

〔**出处**〕《月满楼诗集》（卷一四）

〔**作者简介**〕前文《杨柳青》诗后有介绍。不赘。

杨柳青文昌阁旧影(取自《天津县第三区杨柳青镇概况书》)

杨柳青 属天津县

(清)邢 澍

一

镇戍畿南旧有名,

棹讴声杂市阛声。

万家灯火千帆影,

大似三吴道上行。

二

几行垂柳拂河流,

名字无端引我愁。

忽忆碧漪坊里树,

余侨寓秀水之杨柳青巷隶碧漪坊。

中春攀折又新秋。

〔**出处**〕《南旋诗草》

〔**作者简介**〕邢澍(1759—1823),字雨民,号佺山,甘肃阶州(今武都)人。清乾隆五十五年(1790)进士。

嘉庆元年(1796),邢澍到浙江省长兴县任知县在任达十年之久。在长兴县邢澍干了许多有益于百姓的好事,而且捐出自己的俸禄兴建了同善堂,重建了平政桥、丰乐桥等工程。邢澍为官清正,深受当地老百姓的拥戴,被人们称为邢青天。后到江西饶州府任知府,不久又调到江西南安府任知府,后来因疾辞职到秀水(浙江嘉兴)休养。他六十二岁从浙江秀水回到了老家阶州(今甘肃武都),以著书自娱。

《清史稿》说他"好古博闻"。著有《两汉希姓录》《金石文字辨异》《关右经籍考》《南旋诗草》《旧雨诗谭》《守雅堂诗文集》等。

和梅树君孝廉忆柳

（清）查 诚

青青杨柳尚名村，

隔岸音尘春梦痕。

偶拾道旁枝半折，

青溪姑去一簪存。

〔出处〕《津门诗钞》(卷八)

〔**作者简介**〕查诚(生卒年不详)，字卫中，号静岩，一号海沤，天津人。水西庄查氏，查善和之子，查为仁之孙。清乾隆四十二年(1777)举人。有祖父查为仁遗风。筑有小园，叠石种花，积书万卷，无不披览。然不事生产，家业中落。著有《天游阁诗钞》。

杨柳青村名

（清）韩 崧

聚落无多屋，

垂天绿雾漫。

捞虾花溆暖，

放鸭柳塘宽。

斜照依帆去，

闲云当岫看。

水程三百里，

忽忽又春残。

〔**出处**〕吴翌凤《卬须集》卷六

〔**作者简介**〕韩崧（生卒年不详），清代诗人，字颂甫，号听秋，元和人。乾隆四十八年（1783）举人。

著有《水明楼诗钞》。

杨柳青曲

(清)韩羹卿

杨柳青时柳絮飞，

攀条欲别挽郎衣。

劝郎莫向芦洲去，

恐惹芦花满鬓归。

〔出处〕《文起堂诗集》之《扬帆集》

〔作者简介〕韩羹卿（1779—1849），自号优罗山人，人称二桥先生，萧山人。清代诗人。嘉庆十八年（1813）举人，曾官太常博士。四十岁时以亲老乞养致仕回乡。著有《文起堂诗集》《瓶花诗舫诗集》。

其同乡、藏书家王曼寿称其诗"超远清幽，自然高妙"。

杨柳青佛爷庙北殿旧影（位于今元宝岛）（出自《天津县第三区杨柳青镇概况书》）

杨柳青

地名，属天津县。

（清）谢元淮

一

杨柳青青杨柳青，

行人道上感飘零。

西风昨夜知多少，

冷落长亭又短亭。

二

杨柳青青杨柳齐，

杨花飞尽柳枝低。

天涯何处无离别？

莫拂征鞍送马蹄。

三

杨柳青青杨柳黄，

燕南八月已飞霜。

婆娑一树斜阳外，

风景依依似故乡。

〔出处〕《养默山房诗稿》（卷九）

〔作者简介〕谢元淮（1784—1867）字钧绪，号默卿，湖北松滋人。幼聪慧，髫年即能咏诗，喜出游。清道光初监生。由江苏邳州吏目官，历任太湖东山巡检、无锡知县、广西盐法道，有政绩。著有《云台新志》《碎金词谱》《养默山房诗稿》等。

杨柳青

（清）晏贻琮

大将行师地，

当年转战轻。

河流浑夕照，

堤柳变秋声。

树接西沽近，

兵称北府勍。

时清残垒在，

把酒泪纵横。

〔**出处**〕邓显鹤编《沅湘耆旧集》卷百四十八

〔**作者简介**〕晏贻琮（1788—1815），字幼瑰，号湘门，湖南新化人。清嘉庆十二年（1807），考中举人。会试不中，流落京师授徒。工诗，著有《过且过斋诗钞》四卷。

同时期的著名学者邓显鹤称其诗"格律严峻，风骨清迥，求之时贤殆亦罕觏"。

杨柳青

（清）张际亮

杨柳青青杨柳青，

渡头风色接长亭。

粮船撒遍江南笛，

独有征人月下听。

〔**出处**〕《思伯子堂诗集》卷十一

〔**作者简介**〕张际亮（1799—1843），字亨甫，号华胥大夫、松寥山人，福建建宁县人。十六岁中秀才，道光四年（1824）选为拔贡第一，道光十五年（1835）举人。

张际亮是第一次鸦片战争时期享有盛誉的爱国诗人，与林则徐交好，互相影响很深，与魏源、龚自珍、汤鹏并称为"道光四子"。

杨柳青

（清）姚 燮

村南古驿杨柳青，
青青直过青县城。
县城隐隐不可见，
绕柳人家住郊甸。
羸驴饲秣槽满麸，
泥砾匝地多榛芜，
池为浴溷黄流污。
丫髻童子负长梃，
裸体趋跃同游凫。
蝇声薨薨蛙阁阁，
瓜棚倒岸豆荚落。
居民墨首性剽掠，
走索抛砖恣娱乐。
杀人不用七尺刀，
寸水可作千寻涛。
沧州城中一夜火，
三千甲马头颅焦。
赁田种秫隐名姓，
见人不敢称雄豪。

〔**出处**〕《复庄诗问》(卷二十八)

〔**作者简介**〕姚燮(1805—1864),字梅伯,号复庄,又号大梅山民、大某山民等,浙江宁波府镇海县人。晚清文学家、画家。广涉经史、诗歌、书画等多个领域。擅画人物花鸟,尤精墨梅。著有《复庄诗问》《复庄骈俪文榷》等,编有《今乐府选》《皇朝骈文类苑》等,所著编为《大梅山馆集》传世。

姚燮周岁识字。五岁时,有客人拜访其父,索要客人的佩囊,客人不给遂哭。客人笑言:"能作《灯花诗》,当与汝。"遂作五言诗二首。客人大惊,遂解佩囊送给他。入学后,读书常目下十行,自经史子集至传奇小说,甚至佛经道书无所不看。

道光十四年(1834)中举后,名声大振,交游于燕京和大江南北。交往酬酢,有求必应,乃至以此客途中所带金钱用光。于是,画画几十张,卖给有钱者,一夜之间,路费凑足。

一次大病濒死,忽然大悟,取平生所作绮语文章十几种焚毁。

被称为"越三子"之一的孙廷璋称其"古文辞骈体暨词赋等,大都沈博绝丽,纤余为妍,律古不愆,传后可券"。

杨柳青东关帝庙旧影(取自《天津县第三区杨柳青镇概况书》)

杨柳青歌并序

炊臼一梦,弹指十年。衣裳已施,嗟橐筐之空存。儿女成行,缅音容其安在? 长河官舫,明燎灵辆,旧路重经,新愁欲绝。歌也有思,惨不成声矣。

(清)董 恂

杨柳青青拂御河,
抴触年光感逝波。
人言海潮不到此,
月明珠泪空长歌。

何年杨柳不垂青？

何处杨花不作萍？

湘江斑竹今尚在，

此去扁舟发洞庭。

昔我往矣杨柳青，

今我来思杨柳黄。

柳青柳黄何足叹？

人间天上两茫茫。

〔**出处**〕《荻芬书屋诗稿》(卷二)

〔**作者简介**〕董恂(1807—1892)，初名椿，小字长春，字寿卿。科举时，两淮运使俞德渊称其姓名与前任盐政相同，于是改名为醇。后为避同治帝讳又改名为恂，字忱甫，号酲卿。他是晚清著名的政治家、外交家、诗文家、方志学家和书法家。

董恂体貌高大魁梧，从小举止异常。他生于扬州府甘泉县邵伯镇运河边。八岁丧父，家庭陷入困境，但其母靠做女工、卖首饰而请名师，为其训蒙。道光二十年(1840)中进士。前后事道光、咸丰、同治、光绪四朝，曾在户部、工部、吏部、兵部诸部任职，因而被称为"四朝元老、四部尚书"。曾入总理各国事务衙门，作为全权大臣，奉派与比利时、英国、俄国、美国等国签订通商条约。在条约签订和实施过程中，他为维护国家利益，据理力争，不辱使命。

董恂自幼嗜读，为官几十年，公事之余还是手不释卷。一生著述

不辍,著有各种著作近百卷。其中,《甘棠小志》是其为家乡邵伯镇写的镇志。

十九世纪美国著名诗人朗费罗(1807—1882)有代表作《人生颂》,为世人所传诵。董恂受英国驻华公使威妥玛之请,以九首七言诗改译《人生颂》,并将译诗誊在一把折扇上,通过美国驻华公使蒲安臣将其作为礼物带回美国,赠送给朗费罗。朗费罗十分得意,专门为此举办了一场庆祝宴会。1865年10月30日,他在日记中写道:"邀蒲安臣夫妇饭,得中国扇,志喜也。扇为中华一达官所赠,上以华文书《人生颂》。"钱锺书先生考证此事后,称董恂为"具体介绍近代西洋文学的第一人"。

董恂去世后,光绪帝赐祭文,其中写道:"董恂性行纯良,才能称职……名垂青史,聿昭不朽之荣。"

董恂工于诗,作有《荻芬书屋诗稿》。

津门怀古

（清）董 恂

屹屹当城砦，
风帆杨柳青。
边防严捍卫，
河水入沧溟。
塘涑乃葭菼，
光阴几絮萍？
咸平遗迹在，
目击漱江亭。

〔**出处**〕《荻芬书屋诗稿》（卷二）
〔**作者简介**〕前文《杨柳青歌并序》后有介绍，不赘。

杨柳青

(清)华长卿

仍是依依柳，

经霜眼不青。

春光枉摇曳，

秋意更飘零。

泡影风前絮，

行踪水上萍。

忽逢佳客到，

谓殷两帆明府嘉树。

疏雨对床听。

〔出处〕《梅庄诗钞》(卷十二《借帆集》)

〔作者简介〕华长卿(1805—1881)，原名长懋，字枚宗，天津人。童年随舅父沈兆沄读书。后专从梅成栋学诗。清道光十一年(1831)举人，选开原训导。在任二十六年，以病告归。奉天学政王家璧以勤学善教荐，奉旨加国子监学正学录衔。对于文字、易经、历史、诗词等皆有研究。在开原时受聘编纂《盛京通志》，第二年就成稿三十卷。开原地处边隅，有志于学的人少，华长卿就以经史规劝，士风日起。著有《古本易经集注》《尚书补阙》《梅庄诗钞》等。

《清史列传》称其"幼有夙慧，工诗"，与边浴礼、高继珩并称畿南三才子。

津沽竹枝词

(清)华长卿

杨柳青边多杨柳，

桃花寺里尽桃花。

柳条折去花飞去，

夫婿三年未到家。

〔出处〕《梅庄诗钞》(卷二)

〔作者简介〕前文《杨柳青》后有介绍，不赘。

天津竹枝词

（清）史梦兰

杨柳青边杨柳青，

郎来系马妾扬舲。

莫谩回腰学妾舞，

也须垂线牵郎情。

〔**出处**〕《尔尔书屋诗草》（卷六）

〔**作者简介**〕史梦兰（1813—1898），字香崖，直隶乐亭人。梦兰半岁时丧父，于母亲教养下成长，性情孝顺，自幼好学，无书不通。清道光二十年（1840）中举人，派任山东朝城知县，以母亲年迈为由，未去赴任。咸丰十年（1860），英法联军入侵，史梦兰遵僧格林沁嘱招募乡勇团练，保卫家乡。事平之后，朝廷奖五品衔。曾国藩为直隶总督时，招请史梦兰，对其很器重。后又受聘于李鸿章，修《畿辅通志》。光绪十七年（1891），加四品卿衔。在碣石山筑有"止园"，奉母教子，以经史、著述自娱。交往多名士。

史梦兰无书不读，尤长于历史、地理、诗词。曾著《舆地韵编》《全史宫词》，出版后，朝鲜、越南的使臣争相购买，送回其国。还著有《尔尔书屋诗草》等。

《清史列传》称其"诗文书写性灵，不拘格调"。

杨柳青大王庙外景旧影（取自1941年出版的《天津县第三区杨柳青镇概况书》）

杨柳青行

杨柳青，地名。在天津县，亦名杨青驿。

（清）蒋琦龄

津门东映杨柳青，

杨枝青覆长短亭。

津门杨柳犹堪折，

水边长送征帆别。

征帆日日隔天涯，

清秋不见杨柳花。

北客能歌柳枝曲，

南人听曲还思家。

罗衫船里秋风客，

停桡屡问杨青驿。

金台回首夕照微，

攀条望远心不怿。

大堤日落江水平，

杨青女儿结队行。

平催艇子送双桨，

花枝影压秋江明。

红裳青袂归何处，

远烟横断垂杨树。

晚来雨急风复斜，

峨舸大艑截江去。

〔**出处**〕《空青水碧斋诗集》（卷三）

〔**作者简介**〕蒋琦龄（1816—1876），字申甫，号月石，今广西全州县龙水镇龙水村人。初名奇淳，因避同治皇帝载淳之讳，改琦龄。其先祖为三国蜀汉名臣蒋琬。

清道光十五年（1835），蒋琦龄十九岁参加童子试，在州试、府试、院试中皆获第一，名噪一时。道光二十年（1840），赴京参会试，中二甲进士。先后担任编修、国史馆协修、纂修、总纂、文渊阁校理、教习、庶吉士。道光二十七年（1847），任江西九江府知府，调陕西汉中府，

后再调西安府知府。咸丰四年(1854),升为四川盐茶道。咸丰五年
(1855),为顺天府府尹。咸丰六年(1856),因其父病逝而致仕归家。
因母亲年高,尽管同治帝召其"着即来京,听候简用",但仍上书不再
出仕。

　　蒋琦龄著述颇丰,有《空青水碧斋文集》《空青水碧斋诗集》《碧斋
试帖》《碧斋尺牍》《南山和苏》《碧斋楹联》等。但因其归隐,很多著述
不为世人所知,著作亦多佚失。

　　曾经为同治帝师,被左宗棠认为"学识过人"的王柏心说蒋琦龄
的诗"初以清永冲隽为主,己、庚以后,则道而厚,郁而深,雄直而豪
宕,开阖变眩,浑茫无际。震骇以为目所未见"。

竹枝词

(清)梅宝璐

桃花寺外桃花口，
杨柳村边杨柳青。
七十二沽沽水阔，
半飞晴絮半飘萍。

〔**出处**〕《津门杂记》(卷下)

〔**作者简介**〕梅宝璐(1816—1891)，字小树，号罗浮梦隐。清代诗人。梅成栋次子。梅宝璐秉承家学，早有诗名；少时随在当地为官的父亲到永平，后来在畿辅为幕僚。梅宝璐诗作很多，部分被集结刻印成《闻妙香馆诗存》。该书存诗不过其诗作的十之二三。

杨柳青官斗局(后为杨柳青镇公所,1921年曾为张学良奉军司令部)旧影(取自《天津县第三区杨柳青镇概况书》)

杨柳青

(清)胡凤丹

昔日曾经杨柳青,
劳劳送客短长亭。
而今又向丁沽去,
过眼云山足不停。

〔**出处**〕《退补斋诗存二编》(卷五)

〔**作者简介**〕胡凤丹(1828—1889),字月樵,初字枫江,别号桃溪渔隐。浙江永康人。入县学后连应乡试未中举,母命束装到北京捐纳,援例授光禄寺署正眼法。在京交游颇广,慷慨资助别人,声名达内廷。荐升兵部员外郎。清咸丰十年(1860)英法联军入侵北京,帝逃承德。凤丹留京襄助大臣奔走。擢简用道加盐运使衔,因丁母忧未就任。同治初年到湖北,以道员补用,综理厘局。并受委办崇文书局,搜求秘藏遗书,悉心校订。光绪元年(1875)任湖北督粮道。三年(1877),请假归里,筑"十万卷楼",杜门谢客,以著述自娱。撰《金华文萃书目提要》,并设退补斋分局于杭州,校订刻印共六十七种,名《金华丛书》,世称善本。著有《退补斋诗存》。

清状元洪钧称胡凤丹在博闻与多读两方面"兼优之,为文之工宜矣"。诗人黄绍昌称其诗"敏且工"。

杨柳青

（清）华鼎元

两岸春风古驿亭，

攀条送客酒微醒。

多情杨柳纷如织，

绾住离情眼独青杨柳青。

〔出处〕《津门征迹诗》

〔作者简介〕华鼎元（1837—？），字问三，号文珊，天津人。为津门著名诗家、学者华长卿仲子。自幼随侍其父，深得家学，尤致力于搜讨津门乡土掌故。贡生，清同治年间曾在江苏任府同知。编辑有天津风俗诗集《梓里联珠集》等。

天津至保定途中杂咏

(清)周 馥

杨柳堤边万缕柔，

往来二十二春秋。

年年杨柳青如故，

堤上行人已白头。

杨柳青在天津城西三十里。

〔出处〕《玉山诗集四卷》(卷二)

〔作者简介〕周馥(1837—1921)，字玉山，号兰溪，谥悫慎。清末文人。安徽至德(今东至)人。早年因多次应试未中，遂投笔从戎，在淮军中做了一名文书。后又升任县丞、知县、直隶知州留江苏补用、知府留江苏补用。此后历任永定河道、天津海关道、天津兵备道、直隶按察使。北洋新政，周馥谋划为多。甲午战争爆发后，被任命为前敌营务处总理，负责调护诸将，收集散亡，粮以供给。马关议和后，自请免职。后李鸿章举荐，任四川布政使。庚子事变后，李鸿章任议和大臣、直隶总督，调其任直隶布政使。后任山东巡抚，治理黄河、兴办教育，兴办商业，开济南、周村商埠，迫使德国归还矿山。擢任两江总督、两广总督。光绪三十三年(1907)告老还乡。其晚年寄居天津，深研《易》理。1921年10月21日，病逝于天津，逊清谥之为"悫慎"。著有《玉山诗集四卷》等。

周馥早年潦倒，曾摆测字摊，兼代写。在马王坡摆摊时，李鸿章也住马王坡。他有老乡在李府伙房挑水，与伙房采买认识。采买识字不多，就近请周馥代记账目。李偶阅账簿，见字迹端正清秀，大加赞赏。随请周馥为幕僚，办理文牍。

《晚晴簃诗汇》称其"其所为诗，旨在微婉，而辞归胆识"，"寄兴所在，固不屑屑以风云月露论工拙也"。

建于清宣统二年(1910)的杨柳青火车站远景旧影(西青区档案馆提供,冯立彩化)

津门曲

(清)易顺鼎

阑干画出销魂色,

明波不动楼阴直。

鸳瓦千家月似铅,

羊车几队人皆璧。

何须落魄怨天涯,

五月津门风景佳。

杨柳青杨柳青地名边多画舫,

樱桃红处似斜街。

竹栅荷厅碧云里，

凉风一道笙歌起。

丝管宵宵倦剪灯，

帘栊面面贪临水。

鱼盐十里带沙汀，

衔尾帆从树杪停。

人气欲蒸空雾湿，

市声全卷水风腥。

传烽曩日惊歌舞，

金碧亭台纷易主。

化蜃偏多海上楼，

射蛟讵少江边弩。

连天雪浪拥千樯，

满眼秋波望转伤。

阵血只今无处碧，

海云依旧向人黄。

城阴晓露寒侵袂，

酒榭呼筝聊一醉。

虾菜秋风又潞河，

莺花春梦仍燕市。

二分烟月小扬州，

扇影衫痕写俊游。

却向天津桥畔立，

夷花细雨不胜愁。

〔出处〕《琴志楼丛书》(《丁戊之间行卷》)

〔作者简介〕易顺鼎(1858—1920)，字实甫、实父、中硕，晚号哭庵，湖南龙阳(今汉寿)人。清光绪元年(1875)举人。三十岁时，以同知候补河南，不久捐道员，总厘税、赈抚、水利三局，并督修贾鲁河工程，任三省河图局总办。光绪十四年(1888)以进呈三省河图，授按察使衔，赏二品顶戴。《马关条约》签订后，上书请罢和议。曾被张之洞聘主两湖书院经史讲席。甲午后，力主保住台湾，两次去台，帮助刘永福抗战。庚子事变时，督江楚转运，此后在广西、云南、广东等地任道台。辛亥革命后去北京，与袁世凯之子袁克文交游，袁世凯称帝后，任"印铸局局长"。帝制失败后，纵情于歌楼妓馆。

易顺鼎幼年时随父居官汉中，同治二年(1863)八月，汉中为太平军所破，顺鼎乱中误入太平军启王梁成富大营，留滞半年，众待之如"小王子"。至僧格林沁阻截启王部，顺鼎为清军所获，献于僧麾下。僧不懂其口音，顺鼎遂唾指画字于掌中，又取笔砚书父亲及自己姓名。僧大奇之，称为"奇儿"，抱之置膝上，命人送还其父。于是神童之名，播于众口。稍长，有才子之名。工诗，讲究属对工巧，用意新颖，著有《琴志楼编年诗集》等。

著名的教育家、文学家、史学家、艺术家王森然称其为"天才卓荦,横绝一世"。钱基博所著《现代中国文学史》称其诗"变动不居,学大小谢、学杜、学元白、学皮陆、学李贺卢全,无所不学,无所不似,而风流自赏,以学晚唐温李者为最佳"。

乾隆留诗

描绘清代杨柳青建筑格局的《杨柳青四面水灾图》(西青区档案馆提供)

静海道中杂咏

（清）爱新觉罗·弘历

一

村居比栉颇宁盈，

柳口由来古渡名。

不见青青杨柳色，

蒋一葵《长安客话》云："杨柳青地近丁字沽，四面多植杨柳。"今其地既无柳，且丁字沽在天津城北，杨柳青在天津城西三十里，相距甚远。柳之有无或今昔异形，而沽则历久未改，记载之不足凭往往如此。

阿谁折赠寄遥情。

二

当城沙砦递经过，

宋畏辽金防涉河。

见《方舆纪要》。

似此屯兵严守御，

尔时百姓竟如何？

〔**出处**〕《御制诗三集》（卷九十五）

〔**诗作背景**〕乾隆三十六年（1771），二月甲戌日（初三），乾隆奉皇太后自圆明园启銮巡幸山东。己卯（初八日）御舟驻跸杨柳青湖洋庄（即今西青区胡羊庄）。这两首诗就是巡幸山东路过杨柳青和当城、沙窝时所作。

西青大运河诗钞

XIQING DA YUNHE SHICHAO

〔**作者简介**〕清高宗爱新觉罗·弘历（1711—1799），清朝第六位皇帝。其在位时年号为乾隆，前后一共六十年，起止时间为公元1736年至1796年。他曾经数次路经杨柳青，至今杨柳青有与他相关的传说。多有诗作，辑录于《御制诗集》。

建于清康熙年间的准提庵（冯立拍摄）

过杨柳青村因作柳枝词三首

（清）爱新觉罗·弘历

一

底论柘枝与竹枝，

试听即景柳枝词。

祖鞭虽属刘和白，

胜日巡方此一时。

二

拂岸青青窣嫩梢，

笼村已欲绿阴交。

桃关此日多归马，

谁复封侯叹悔教？

三

几番去声秋还几番春，

此间欣戚那能均？

徒观袅袅垂丝者，

岂少无端折赠人。

〔出处〕《御制诗四集》(卷三十六)

〔诗作背景〕据《清实录》记载，乾隆四十一年(1776)二月二十五日乾隆帝奉皇太后启銮巡幸山东。此时历时五年多的再战金川之役告捷。为庆祝胜利，乾隆先后拜谒东、西两陵，再东巡山东，祭告泰山。辛未(农历二十九，公历4月17)日，御舟驻跸杨柳青胡羊庄水营。这三首柳枝词就是在这个过程中所作。

〔作者简介〕前文《静海途中杂咏》诗后有介绍，不赘。

泰山庙大殿（冯立拍摄）

漕运总督管干珍等报得雨
及南漕全抵天津情形诗以志慰

（清）爱新觉罗·弘历

收麦竣时望雨优，

彻宵八寸渥恩稠。

　　管干珍等奏，一路督催南漕于初十日行抵青县，途次得有小雨。十一日晚至天津杨柳青地方，雷雨交作，连宵达旦，至十二日申刻雨已得雨八寸，势尚未止。两岸农家收麦已竣，大田长发葱茂，正在望雨之际获此甘霖，并收麦之田亦得及时耕作，民情甚为欣悦。

运河水长上声北来速,

漕舸风资南送遒。

又称,当此雨后运河水长之时,北来粮艘益加迅速,现在鳞集天津未过关者止有四帮。一面分委备并至桃花口、西沽一带,疏通在前。各帮限于十四日全数过关。而已经交兑回空之船扬帆南下亦可遄行无滞。

较以抵通早去岁,

期当回次毕中秋。

去岁粮艘抵通较前岁已早几两月,今岁更早几一旬,将来回空之船计于秋中可以全归水次。览奏不觉欣慰之至。

览章岂不心生慰,

此虑霖多转略愁。

〔出处〕《御制诗五集》(卷六十七)

〔诗作背景〕乾隆五十六年(1791)五月十一日晚,漕运总督管干珍在督催南漕到达天津杨柳青。其时,雷雨交作,连宵达旦,至十二日申刻雨已经下了八寸,而雨势未止。此时,两岸农家收麦工作已经完成,大田长势很好,正盼望雨水来临。得到这场甘霖并且收麦的田地也得到及时耕作,百姓们都非常高兴。于是管干珍把雨情奏报乾隆。乾隆非常高兴,特此作诗。

〔作者简介〕前文《静海途中杂咏》诗后有介绍,不赘。

漕运总督管干珍奏尾船出山东境并途次
得透雨诗以志事

(清)爱新觉罗·弘历

去岁运河微欠水，

今年弗闰水原通。

去岁德州一带夏初缺雨，以致运河水觉微浅，粮艘不能趱行。中间尚多一闰四月，江西犹有四帮于六月初旬方出东境。若今年比去岁少一闰月，而此时江西尾帮已将全抵天津，则幸赖雨水调匀，而运河水势充足也。

总因化筭为消息，

度以津关无异同。

据管干珍奏，江西只余七帮，已于六月初六日亲押尾帮至杨柳青地方，距天津不过三十里，约三日内即可全过津关。去岁尾帮虽亦于六月初旬出东境，而以闰计之，则较今岁实迟月余矣。

南府恰当望泽际，

甘霖正喜济农功。

又奏称，初二日晚舟抵泊头，汛得雨一阵。初五日戌刻过静海亦得有密雨。及初六日至杨柳青，午刻阵雨如注，云气广被。大田正在望雨之时，此时沾被甘霖，农民极为欢庆。

食天国本何非事，

遇顺惟深敬畏衷。

〔**出处**〕《御制诗五集》(卷八十)

〔**诗作背景**〕乾隆五十八年(1793)六月初六,漕运总督管干珍漕船尾帮至杨柳青,中午时,阵雨如注,云气广被。大田正在望雨之时,此时沾被甘霖,农民极为欢庆。乾隆非常高兴,特此作诗。

〔**作者简介**〕前文《静海途中杂咏》诗后有介绍,不赘。

运
河
风
情

杨柳青运河风光旧影(西青区档案馆提供)

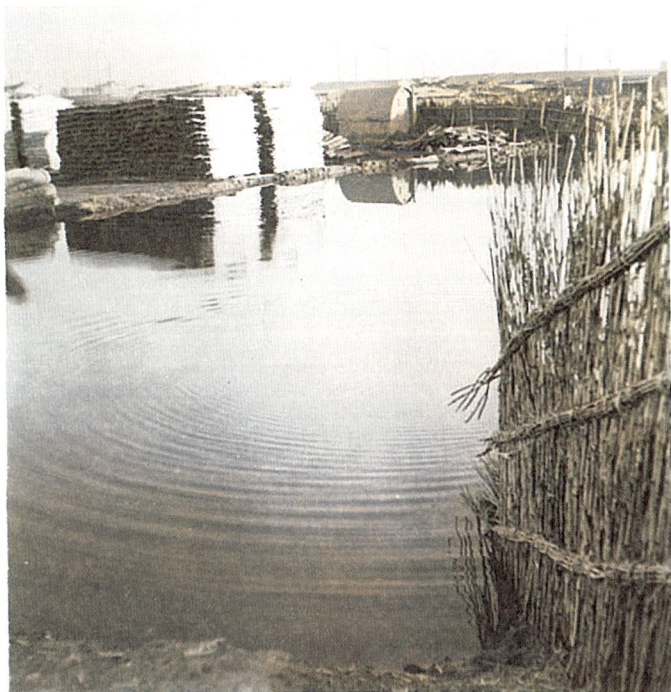

子牙河、西河汇合处旧影（日本"华北交通写真"公布，冯立彩化）

杨柳青谣

（元）揭傒斯

杨柳青青河水黄，

河流两岸苇篱长。

河东女嫁河西郎，

河西烧烛河东光。

日日相迎苇檐下，

朝朝相送苇篱傍。

河边病叟长回首，

送儿北去还南走。

昨日临清卖苇回，

今日贩鱼桃花口。

连年水旱更无蚕，

丁力夫徭百不堪。

惟有河边守坟墓，

数株高树晓相参。

〔**出处**〕《揭文安公全集》（卷一）

〔**作者简介**〕揭傒斯（1274—1344），元朝著名文学家、书法家、史学家。字曼硕，号贞文，龙兴富州江右人。延祐初年由布衣荐授翰林国史院编修官，迁应奉翰林文字，三入翰林，官奎章阁授经郎、翰林待制、集贤学士、翰林侍讲学士，阶中奉大夫，封豫章郡公，修辽、金、宋三史，为总裁官。著有《文安集》。

至正三年（1343），揭傒斯以七十岁（虚岁）高龄辞职回家。走到中途，皇帝派人追请揭傒斯回京写《明宗神御殿碑文》。文成，皇帝给予很多赏赐。再求离职，皇帝不许，并命丞相脱脱及执政大臣面谈阻行。揭傒斯说："使揭傒斯有一得之献，诸公用其言而天下蒙其利，虽死于此，何恨！不然，何益之有！"脱脱问："方今政治何先？"揭傒斯说：储备人才最重要。当人才还没有名望、地位时，养在朝廷，使他全面了解政务，这样就不会出现因缺乏人才而误大事的后患。

此后，皇帝诏修辽、金、宋三史，揭傒斯为总裁官。四年时间，《辽

史》完成。皇帝又督促早日完成金、宋二史。于是，揭傒斯住在史馆，朝夕不休。得寒疾，七日而死。这时，有外国使节来到京城，燕劳史局以揭公故，改日设宴接待。皇帝为他嗟悼，赐楮币万缗治丧事，并派官兵以驿舟送揭傒斯灵柩到故乡安葬。制赠护军，追封豫章郡公，谥曰文安。史家称，像揭傒斯这样的人有级别而无官位，是官方的失职。

《元史》称其"为文章，叙事严整，语简而当；诗尤清婉丽密；善楷书、行、草。朝廷大典册及元勋茂德当得铭辞者，必以命焉。殊方绝域，咸慕其名，得其文者，莫不以为荣云"。

柳梢青

（明末清初）高承埏

春事今年，山桃无恙，花朵依然。

细雨沾沙，归云逗日，浅碧罗天。

青青杨柳堤边，且系住乌篷小船。

荻笋新芽，河豚欲上，拼醉炉前。

〔出处〕《稽古堂集》

〔作者简介〕高承埏（1603－1648），字寓公，一字泽外、九遐，晚号弘一居士、鸿一居士。嘉兴人。明崇祯十二年（1639）中举，崇祯十三年（1640）进士，授迁安知县。崇祯十五年（1642）调宝坻知县。在宝坻数遭清兵围城，皆力守退敌。然为人所嫉，调甘肃泾县知县。旋迁工部虞衡司主事，上书其父冤情并乞归，隐居家乡竹林村。明亡后，清以国子监司业相聘，但拒不仕清，有病不治，谢医求死。藏书七万余册，著有《稽古堂集》等。

钱谦益称其"文学世其家，为文士；出令冲边，乘城扞敌，为才吏；沥血带索，为父讼冤，为孝子"。

金圣叹称其为"第一辈人物，第一辈文章"。

剥粮船

天津以南所见,几二十艘,皆弃船挈家遁去。

(清)汪 楫

一

剥粮船

船空人去厨无烟,

长帆八尺高桅悬。

铁锚齿齿斤逾千,

长篙巨缆无弗全。

云胡中道相弃捐,

指船问人人不语。

一老低致词:

漕船噬人猛于虎!

二

剥粮船

剥粮常傍漕船边,

漕船骂人汝亦然。

汝船宁不值一钱,

弃同敝屣意何决。

岂有棘①刺相牵缠,

①棘,《字汇补》收有此字。林直切,音力(五音集韵)。木名。江南、山东名野枣酸者为棘子。

甘心流离向中路。

被驱何异雀与鹯[①]，

吁嗟去此谁汝怜？

〔**出处**〕《观海集》

〔**作者简介**〕汪楫（1626—1689），字次舟（一作舟次），号悔斋，安徽休宁人，寄籍江苏江都。生性亢直，力学不倦。清康熙十八年（1679）荐应"博学鸿儒"，试列一等。授翰林院检讨，纂修明史。康熙二十一年（1682），任琉球正使。临行时，不按惯例接受送行者的馈赠，国人建却金亭作为纪念。汪楫回国后曾出任河南知府，后擢升福建按察使，迁布政使。

汪楫出使琉球后撰写《使琉球杂录》，因谕祭琉球故王，而在其宗庙得见《琉球世缵图》，参之明代事实，诠次为《中山沿革志》。汪楫在《使琉球杂录》中详细记载了途经钓鱼岛的史实："……无何，遂至赤屿，未见黄尾屿[②]也。薄暮过郊（或作沟）……问'郊'之义何取，曰：中外之界也。"汪楫的明确记载，证明钓鱼岛是中国的领土。他还著有《崇祯长编》《悔庵集》《观海集》等。

清史稿称："楫少工诗，与三原孙枝蔚、泰州吴嘉纪齐名。"

---

①鹯，古书中说的一种猛禽，似鹞鹰，鹞类猛禽。

②黄尾屿，位于钓鱼岛东北约27千米处，是钓鱼岛附属岛屿之一。

自永定南埝历武清境坐冰床抵杨柳青作

（清）汪由敦

畿南七十二淀纳众流，

寒冬冰塞道阻修。

编苇横度直两版，

施茵张幄如碧油。

一夫牵挽躬伛偻，

不欹不耸行不留，

赪肩翻笑劳八骓。

鸟道绝空阔，

蚁行绕沙洲。

平移稳似循轨辙，

转旋捷过回轮辀。

联若鹅鹳列，

散若凫鹭浮。

陆不羡骅骝千里绝尘足，

水不羡龙骧万斛乘风舟。

岁晚还伸济川用，

利涉切虞履薄忧。

我衔使命驰星邮，

役夫取径得少休，

独惜不为月下游。

吴侬老向烟波听棹讴，

平生奇绝见此不。

〔**出处**〕《松泉集》（卷十八）

〔**作者简介**〕汪由敦（1692—1758），初名汪良金，字师苕，号谨堂，又号松泉居士。安徽休宁人。清雍正二年（1724）进士，选庶吉士。乾隆间，累官至吏部尚书。金川用兵，廷谕皆出其手。卒，加赠太子太师，谥文端。著有《松泉集》。

汪由敦自幼聪明，甚至有传说，他十岁时参加县府试不中，一天晚上，其父梦其祖父汪恒然托语："孙文自善，名未当耳！"示改二字即"由敦"。改名后，再试时果然名列前茅。

乾隆帝爱写诗，往往用朱笔草书，或者口授令人记录，称为"诗片"。其时，汪由敦为内值。记录没有出过差错，于是让他撰拟谕旨。汪由敦有超强的记忆力，很得乾隆欣赏，每次谒陵及外出巡幸必让他跟从。乾隆每有圣谕，汪由敦耳听心记，"出即传写，不遗一字"。

《清史稿》称"由敦笃内行，记诵尤淹博，文章典重有体"。乾隆称其"老诚端恪，敏慎安详，学问渊深，文辞雅正"。

乾隆二十三年（1758）正月初四，汪由敦偶感风寒。十八日病危。二十日，听到蒙古准噶尔部自立为汗，并勾结沙俄的阿睦尔撒纳已死，大喜，连说"得及闻此信，臣无恨矣"。二十二日，汪由敦病逝。乾隆闻讯急到，并亲揭陀罗被审视，再三把茶倒在地上祭祀。降旨厚葬并加赠太子太师，赐谥文端，入祀贤良祠。又以由敦擅长书法而命馆

臣集其书为《时晴斋法帖》十卷,勒石皇宫之中。乾隆还作祭文,并作《哭汪由敦诗》,诗曰:

赞治常资理,

论文每契神。

任公诚匪懈,

即世信可因。

言行宜编简,

老成谢缙绅。

奠临摅一恸,

底计日当辰。

从津门至杨柳青两岸居民多业种蔬舟行即景偶成十韵

（清）杨锡绂

两岸余高壤，

由来业果蔬。

幸无忧水潦，

聊得事耰锄。

抱瓮朝曦后，

分秧晚照初。

棘悬匏磊磊，

畦剪韭疏疏。

韭叶萌方动，

芹芽短未舒。

抉根新芋出，

露齿海榴余。

作苦真如稼，

为羹欲胜鱼。

万钱无乃泰，

一亩足相于。

闲矣东陵业，

归欤下泽车。

咬根余素志，

老圃或堪如。

〔**出处**〕《四知堂文集》卷三十一

〔**作者简介**〕前文《杨柳青》诗后已有介绍，不赘。

天津口号

（清）于豹文

西来杨柳倩青青，

北去桃花覆野亭。

打桨有人频目送，

清歌何处不堪听。

〔出处〕《南冈诗钞》(卷十五)

〔作者简介〕于豹文(1713—1762)，字虹亭，号南风，天津人。清乾隆十七年(1752)恩科进士，未仕病故。有《南冈诗钞》。

明永乐年间，于豹文先祖于国义迁居静海县辛口里(今属西青区辛口镇)。清初，有于氏后人于京迁居天津城南门里。雍正四年(1726)于京之子于开改籍天津。于豹文为于开孙。

《津门诗钞》称其"短身貌陋，口能自容其拳。天才警敏，目下十行，博通今古，无所不读。借人书，一览即归之，终身成诵"。收录其诗文达一百五十五首。

《志余随笔》称："虹亭取材富，出笔厚，优于学也。"

城南冰泛歌

（清）查 礼

陆行利用车，
水行利用舟。
各适其用利其利，
帆樯牛马不相谋。
朔风一夜关南至，
河水吹高等平地。
处处牵船岸上居，
家家尽法张融智。
漂榆城南寒月明，
石田万顷何晶莹。
浮光倒射天影白，
七十二沽无水声。
舟师渔师并颖悟，
伐木丁丁作床渡。
非艒非舻浅不浮，
以冰为陆轻裹步。
历坦既绝风波虑，
乘坚且似推殷辂。
独行可学倚脚眠，

并坐何妨交臂遇。

绿蚁时已挥金笛,

招我同心俦。

缓步出城关,

共作南郊游。

冰床鹿鹿舣湖侧,

凌风卧看玻璃色。

疾发群惊铁箭飞,

往来更似金梭织。

须臾忽近招提境,

楼阁岧峣妙思骋。

怪我初从鲛室来,

满身犹带珠光冷。

舣筹杂逐催,

谈笑声喧豗。

不知银汉浅,

惟见玉山颓。

八蜡祠前击社鼓,

耸身直入清虚府。

翻喜今年腊日长,

不须早唤春风舞。

暮讶轻雷鸣涧壑,

霜星摇动银花落。

侍晨执盖影参差，

仙佐冯夷奏嘉乐。

无辞秉烛极欢愉，

醉却寒威抵万夫。

归时更踏坚冰去，

记取城南旧酒垆。

〔**出处**〕《铜鼓书堂诗集》

〔**作者简介**〕查礼(1716—1783)原名为礼，又名学礼，字恂叔，号俭堂，一号榕巢，又号铁桥，顺天宛平人，清朝大臣。少时勤学。乾隆元年，应博学鸿词科，没有被录取。通过捐官任户部主事。后参与小金川战事有功。官累进至湖南巡抚。

查氏原籍皖南。查礼家这一支先由皖南迁入江西，后又迁入北京。其父查日乾是大盐商，拥有北京食盐专卖权，获利甚丰，又善于结交权臣显宦，渐成一方豪富。查礼是查日乾的第三子。

雍正元年(1723)，查日乾父子在天津城西北三里、南运河南岸，占地近一百六十亩，凭水造景，建一庄园，名为水西庄。该庄园亭台楼阁巧夺天工，成为天津文人雅集之地。乾隆曾四次驻跸，并为其题名芥园。

查礼，喜收藏，善诗文，著有《铜鼓书堂遗稿》三十二卷。

第六埠旧影（日本"华北交通写真"公布，冯立彩化）

杨柳青

（清）王实坚

杨柳青何处，

苍茫望眼赊。

转篷流水急，

作客夕阳斜。

冰在春犹浅，

村寒杏未花。

蓬门依两岸，

多半是渔家。

〔**出处**〕《冰雪斋诗草》

〔**作者简介**〕王实坚（1726—1806），字岂匏，吴桥人。清代诗人、画家，工画墨竹，诗笔清丽。著有《冰雪斋诗草》《九河臆说》等。

柳口七歌

（清）管干珍

一

一歌兮醯鸡，

秋水阔兮洞庭西。

风栖雨泊胡不归？

海若扬波蛟龙肥。

二

再歌兮蟹胥，

稻粱江陇兮秋何如？

海隅清波入卤舄，

薄寒中人尝不得。

三

三歌兮邱阿，

湿萝瀹雾兮生新蛾。

弁飞扑扑秋灯白，

洞达八窗空四壁。

四

锦凫翻浪兮穿绿莎，

秋水盈堤兮发浩歌。

鸭栏绣遍渔矶绿，

一舟独舣天津曲。

五

五歌兮蝜蝂①，

风萧萧兮岁晚。

屋山红绉枣倾筐，

中庭露珠盈手香。

六

六歌兮黄雀飞

野田何所兮群栖？

白舫梦回日未高，

红曦半上秋花稍。

七

七歌兮白鹭高飞，

不浴而固洁兮下弄清漪。

皎月入怀秋未凉，

桅旌不动银河长。

〔**出处**〕《松崖诗钞续集》（卷之二）

〔**作者简介**〕管干珍（1734—1798），又名干贞，字阳复，号松崖，常州人。清代名臣，学者。乾隆三十一年（1766）管干珍中进士，历任翰林院编修、贵州道御史、内阁学士、工部侍郎，乾隆五十四年（1789）起

---

① 蝜蝂，古书上说的一种好负重物的小虫。

任漕运总督。管干珍中进士时,礼部让他改"贞"为"珍",乾隆六十年(1795),命他仍用原名。在任漕运总督时,他的干练公允得到乾隆的称赞。嘉庆元年(1796),"户部议江、浙白粮全运京仓,以羡米为耗,浙江运丁如议交运。干贞以江南余米较少,执议不行",被革职。嘉庆三年(1798)去世。有《五经一隅》《明史志》《松崖诗钞》等多部著作传世。

西渡口民居外景(冯立拍摄)

西渡口民居(带有佛教八宝和道教暗八仙砖雕,冯立拍摄)

卫河棹歌

（清）管干珍

杨柳青边紫蟹肥，

娘娘庙外白蝙飞。

酒酣更买青州面，

说饼篷窗醉解衣。

〔**出处**〕《松崖诗钞》（卷之十三）

〔**作者简介**〕前文《柳口七歌》诗后有介绍，不赘。

杨柳青

(清)管干珍

秋寺曾敲白板扉，

寒潮无路没鱼矶。

重寻古渡舟横处，

新柳成围雪纷飞。

〔**出处**〕《松崖诗钞》(卷之二十)

〔**作者简介**〕前文《柳口七歌》诗后有介绍，不赘。

杨柳青柳枝词四首

（清）爱新觉罗·永瑆

一

家家绿柳在门前，
门外乌篷小小船。
黄鱼雪白随潮上，
切作银丝不值钱。

二

杨柳阴阴似画图，
春波满岸长春蒲。
蒲帘编好江南卖，
家在当城小直沽。

三

闻说沧州酒蜜甜，
垂柳深处有青帘。
行人不问青帘去，
只隔垂杨待卷帘。

四

柳条垂岸一千家，
丁字沽头飞白花。
花作浮萍青点点，

顺风流去水三叉。

〔**出处**〕《诒晋斋集》(卷四)

〔**作者简介**〕爱新觉罗·永瑆(1752—1823),号少厂,一号镜泉,别号诒晋斋主人。清朝著名书法家。满洲爱新觉罗氏,清高宗爱新觉罗·弘历(即乾隆)第十一子。著有《听雨屋集》《诒晋斋集》等。

道光年间曾任翰林院掌院学士的麟魁称其诗"扬风扢雅,远接唐音"。

津门绝句

（清）杨映昶

一

海国波涛接杳冥，

趁风番舶正扬舲。

东沽水合西沽水，

杨柳青边杨柳青。

二

临水人家傍岸居，

门前秋水映芙蕖。

临流结得千丝网，

网得双双比目鱼。

〔出处〕《天津县续志》(卷十九)

〔作者简介〕杨映昶(1753—1809)，字米人，安徽桐城人。乡试不售，遂考职吏目。出任过武邑、永清、宝坻知县，擢北运河同知，迁天津运同。后权河间、大名知府。在宝坻时，当地人文寥落，乡试没有几个中举的。于是，他创建泉州书院，并亲自教课，五年有八人中举。当地人惊诧。后当地蝗灾，杨映昶"以斗米易斗蝗"，以市价给钱代之。在武邑遇大旱，杨映昶持斋祈祷，竟然甘霖立应。任北运河同知时，河堤决口，他则提前有所预备，抢修及时。著有《不易居诗钞》《衍

波亭诗集》等。

杨映昶幼有文名,八岁能诗。清著名诗人李符清称其"得唐贤三昧""与名士唱和,才名噪甚"。

直沽棹歌

(清)无名氏

蘼芜杨柳绿依依，
樯燕樯乌立又飞。
赚得南人乡思缓，
白鱼紫蟹四时肥。

〔出处〕《天津县志》(卷二十二)

〔作者简介〕《天津县志》记为"无名氏"，《津门杂记》记"失名"。
本书从《天津县志》，记为"无名氏"。

津门百咏——杨柳青

（清）崔　旭

满釜鱼羹气味腥，

小船偶傍树荫停。

侬炊香饭郎沽酒，

两岸春风杨柳青。

杨柳青。元揭傒斯有《杨柳青谣》。

〔**出处**〕《津门百咏》

〔**作者简介**〕崔旭（1767—1846），字晓林，号念堂，直隶天津府庆云县人。清道光六年（1826），崔旭出任山西省蒲县知县，后兼理大宁县事，政声卓著，深受乡民爱戴。道光十三年（1833），因病引退归里，潜心著述，作品有《念堂诗话》等。

崔旭性颖悟，自少好学，尤喜诗歌。嘉庆五年（1800）八月，张船山充顺天乡试同考官，取中崔旭、梅成栋、姚元之等人，崔、梅、姚合称"张门三才子"。

清翰林、礼部侍郎陶梁称其诗"醇古淡泊，味之弥永，譬诸精金百炼，宝光内含"。

作者卒年其说不一，有说卒于1845年的，有说卒于1847年的。赵沛霖《天津清代诗人生卒年考索》称："《念堂诗草》卷五《平山堂》诗题下注云'道光二十三年癸卯作，时年七十有七。'道光二十三午癸卯为1843年,故知其生年为乾隆三十二年(1767)。集中还有类似注文数处,推证结果均与此同。《大清畿辅书征》云:'公余不废吟咏,告归,卒年八十。'据此可推知其卒年为道光丙午(1846)。"本书从其说。

杨柳青独有的年画灯笼画片（东窩法鼓老会制作）

画作坊

（清）崔　旭

画片如云雕板成，
红黄涂抹不知名。
亦同射利诗文稿，
粗具形骸便印行。

画作坊。杨柳青印画所行甚远。

〔**出处**〕《津门百咏》

〔**作者简介**〕《津门百咏——杨柳青》诗后有作者简介,不赘。

杨柳青独有的年画灯笼画片（东寓法鼓老会制作）

年　画

（清）李光庭

　　扫舍之后，便贴年画，稚子之戏耳。然如《孝顺图》《庄稼忙》令小儿看之，为之解说，未尝非养正之一端也。

依旧葫芦样，

春从画里归。

手无寒具碍，

心与卧游违。

赚得儿童喜，

能生蓬荜辉。

耕桑图最好，

仿佛一家肥。

〔**出处**〕《乡言解颐》(卷四)

〔**作者简介**〕李光庭(1773—1831)，字大年，号扑园。天津宝坻人。清乾隆六十年(1795)得中举人，以内阁中书出任湖北黄州知府。助民修水利，有时誉。但他不得上级喜爱，乞归。久居北京，以诗自娱。著有《虚受斋诗钞》《乡言解颐》等。据专家考证，这首诗是第一次把春节时贴的画称为年画，此前一般称为"画片""卫画"等。

《乡言解颐》刊行于乾隆三十年(1765)，书并未署作者名。根据周作人考证，确定作者为李光庭。

《晚晴簃诗汇》称其诗"工于咏物"。

高阳台·题孔琴南孝廉柳村读书图

(清)张祥河

浥雨帆轻,攒苔树密,小舟行过桃花。

桃花口,地名。

杨柳青边,万条千缕横斜。

何人示我村居画,好仙源,锦样韶华。

读书楼,面面窗开,烟翠无涯。

衍波笺上题新字,想闲烹白石,小醉流霞。

月底风梢,飞来秀句词家。

灵和殿里前身在,小蓬山,岂任云遮。

指春明,绿染春袍,正送公车。

〔出处〕《诗舲词续》

〔作者简介〕张祥河(1785—1862),原名公璠,字诗舲,江苏娄县人。清嘉庆二十五年(1820)进士,授内阁中书,充军机章京。至道光二十四年(1844),累官擢至陕西巡抚。其人工诗善画,曾被言官劾其性耽诗酒。

咸丰三年(1853),召还京。后授内阁学士,寻迁吏部侍郎,督顺天学政。咸丰八年(1858),擢左都御史,迁工部尚书。后加太子太保。同治元年(1862)去世,谥温和。

《清史稿》称其为官"优于文事,治尚安静,不扰民"。

张祥河未及弱冠中童子试第一。然而,他却五次赶考才中进士。未中前其家人推测,是皇帝不喜欢他名中"璠"字带王字旁,故改名祥河。后果然考中。

张祥河从小就学于王昶门下,十岁时,就随父亲张兴镛学习诗词格律,十二岁时就已能创作诗词。著有《小重山房初稿》《诗舲诗录》《诗舲诗外录》《诗舲词录》等。

《松江府志》称其诗"玲珑其声,笃雅其节,一官一集,时人比之陆放翁"。

捕　蟹

（清）张祥河

任他郭索草泥藏，
曲箅弯环截野塘。
力缚安能容鼠窜，
生擒不复见鸥张。
一镫柳口轻舟系，
十辈渔腰矮篾装。
遮莫全身具戈甲，
横行堪笑本无肠。

〔**出处**〕《畿辅辎轩集》

〔**作者简介**〕前文《高阳台·题孔琴南孝廉柳村读书图》词后有介
绍，不赘。

香塔老会在活动(香塔老会提供)

丁字沽棹歌

(清)张祥河

月子弯弯照镜宜，
放船阿母问何之。
郎归才熨鬈痕皱，
杨柳青边去画眉。

〔**出处**〕《畿辅輶轩集》

〔**作者简介**〕前文《高阳台·题孔琴南孝廉柳村读书图》词后有介绍，不赘。

顺昌米号旧影（西青区文保所提供）

病后苦忆乡里作我所思

（清）徐大镛

我所思兮杨柳青，
近水为居如列屏。
河豚河鲤村家饭，
十里五里齐扬舲。
扑连便是桃花口，
一片夕阳红映柳。

〔**出处**〕《见真吾斋诗草》(卷四)

〔**作者简介**〕徐大镛(生卒年不详),字序东,号兰生,天津人。清道光二年(1822)举人,民国总统徐世昌曾叔祖,官杞县知县。著有《见真吾斋集》。

《晚晴簃诗汇》称其"诗法香山,流丽清隽,自抒性灵,真挚中尤多见道语"。

东淀旧影(日本"华北交通写真"公布,冯立彩化)

津门小令

(清)樊　彬

一

津门好，

到处水为乡。

东淀花开莲采白，

北河水下麦翻黄，

潮不过三杨。

海潮南至杨柳青,北至杨村,西至杨芬港,被有"潮不过三杨"之谚。

二

津门好，

烟水渺无涯。

柳口芦飘三尺雪，

葛沽桃放一林霞，

孤棹老渔家。

杨柳青古名"柳口"。葛沽多桃林。

〔**出处**〕《津门小令》

〔**作者简介**〕樊彬（1796—1881），字质夫，号文卿，天津人。清末文人。幼年丧父。苦读，年未二十成秀才，后屡试不第，一度在山西为幕僚，后辗转在湖北远安、建始任县官，后在北京，读书著述。

平素喜好民俗、掌故，《津门小令》为其二十多岁时的作品。其诗词文章晚年集结为《问清阁诗文集》。

过杨柳青

（清）左乔林

一

水村渔市晚风腥，
饱挂轻帆不忍停。
客鬓已添今日白，
柳条仍似昔年青。

二

秋雨秋风冷白蘋，
依依犹似汉江滨。
怜他日日留青眼，
送尽东西南北人。

三

惯与王孙系紫骝，
长条披拂板桥头。
销魂谁唱离亭曲，
残照西风一笛秋。

四

高楼半露傍沙滩，
柳色婆娑夕照残。
数尽归帆郎不到，

谁家红袖倚栏杆。

〔**出处**〕《瀛南诗稿》

〔**作者简介**〕左乔林(1797—1877),字豫樟,号莺庵,河间大渔庄村人。清道光十三年(1833)进士,曾任滦州学正、保定府学教授,后主讲肃宁翊经书院、河间毛公书院。著有《课幼史略》《论语古韵》《瀛南诗稿》《古今诗评》等。

东寓法鼓在活动（东寓法鼓提供）

津门杂感

（清）华长卿

子牙河畔钓台存，

杨柳青边野色昏。

海气攒天捞蜃蛤，

朝光铺地散鸡豚。

百年祠宇栖淫鬼，

十丈城楼妥缢魂。

大贾豪华销似雪，

有谁思报信陵恩？

〔出处〕《梅庄诗钞》（卷一）

〔作者简介〕前文《杨柳青》后有介绍，不赘。

津沽竹枝词

(清)华长卿

白莲花艳胜芳镇，

红药花开大觉庵，

七十二沽花共水，

一般风味小江南。

〔出处〕《梅庄诗钞》(卷二)

〔作者简介〕前文《杨柳青》后有介绍，不赘。

津门怀古

（清）华长卿

一

帽影鞭丝不暂停，

晓风残月短长亭。

行人下马攀条去，

飞絮粘天杨柳青。

二

离离芳草富家村，

董永流风今尚存。

沽水无声春浪暖，

菜花满地上河豚。

〔**出处**〕《梅庄诗钞》（卷四）

〔**作者简介**〕前文《杨柳青》后有介绍，不赘。

肖家胡同民居抱鼓石(冯立拍摄)

车中口号

(清)华长卿

磨铁轮蹄不暂停，

乱冰残雪古长亭。

行人远把鞭丝引，

烟雾溟蒙杨柳青。

〔**出处**〕《梅庄诗钞》(卷七)

〔**作者简介**〕前文《杨柳青》后有介绍，不赘。

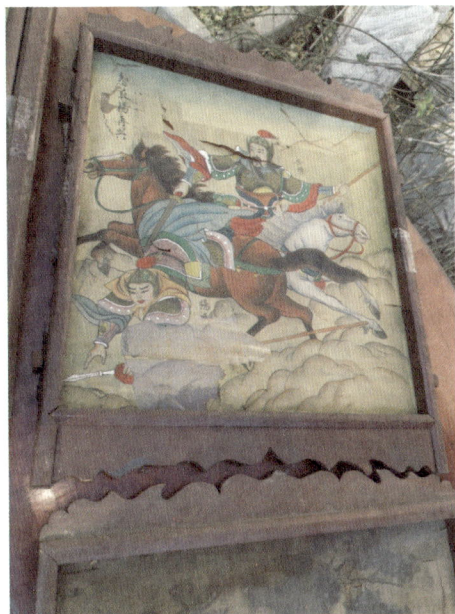

杨柳青独有的年画灯笼画片（东寓法鼓老会制作）

津门竹枝词

（清）周宝善

腊尽冬残百货乖，

年年在此是招牌。

张家窝里刊奇画，

不到中旬贴遍街。

四月峰山竞进香，

水车络绎舍梅汤。

世人争说孙思邈，

要到南洼作药王。

萝卜何分汉与胡，

冬青春白特相殊。

咬春曾荐辛盘味，

别种偏教紫水呼。

〔**出处**〕《津门闻见录》第三卷

〔**作者简介**〕周宝善（1817—？），字楚良，号木叶。诸生。著有《石竹斋诗稿》等。

题白俊英绘扇图年画

（清）王金甫

巫山洛浦本无情，
总为神姝便得名。
扇曲虽系巴人语，
遐迩咸传杨柳青。

〔**出处**〕《津西文史资料选编》第2辑

〔**作者简介**〕王金甫，杨柳青人，生于清同治年间。初在松竹斋南纸店做画工，能诗擅画，长于绘故事人物。后兑该店自营，更名"爱竹斋"。曾经邀请上海画家钱惠安到杨柳青进行创作。

春日自北斜庄[①]归

(清)李庆辰

大地春风动,

村村农事忙。

我家在城郭,

屋老白云藏。

贫觉妻孥累,

愁添岁月长。

相如空有赋,

谁为达椒房?

〔出处〕《醉茶诗草》(卷一)

〔作者简介〕李庆辰(约1838—1897),字筱筠,别号醉茶子。天津人。清代文人。诸生。著有著名的志怪传奇小说集《醉茶志怪》和诗集《醉茶诗草》。杨光仪所辑的《津门诗续钞》收入其诗一百四十六首。

《天津县新志》称其"襟怀旷逸,力学安贫,以盛唐为宗,五律尤近老杜"。

---

①北斜庄指今西青区中北镇北斜诸村。相传明代永乐年间,山东移民到天津城西开荒,逐渐成村。村地处南运河河湾地带,河道在此斜向东北方向,沿河的三个村以此分别得名东北斜、中北斜、西北斜。

磨盘胡同民居抱鼓石（冯立拍摄）

游西郊菜园

（清）李庆辰

一

焦藤垂蔓汲古井，

绿阴匝地日无影。

颓垣久雨苔色深，

墙隙老蛙双目炯。

二

辘轳寂寞风清凉，

隔畦泥湿菽花香。

破篱眼疏豆苗补，

离离叶底瓜垂黄。

三

茅屋半间苇帘短，

门前藿靡蓬蒿满。

老圃抱瓮浇薯根，

坐对游人意疏懒。

〔**出处**〕《醉茶诗草》(卷一)

〔**作者简介**〕前文《春日自北斜庄归》诗后有介绍，不赘。

为杜东里题扇

(清)佚 名

古流村外断水流，
杨柳青丝系客舟。
茅店不关人迹少，
家家网罾挂墙头。

〔**出处**〕杜东里家藏小扇题诗。

富有村路边的抱鼓石（冯立拍摄）

渔歌三首

（清）佚 名

一

柴门杨柳偎长河，

牵萝补屋费张罗。

九十春光无限好，

弄潮儿娶采莲娥。

二

生计全凭水上活，

弄潮儿娶采莲娥。

月上梢头归来晚，

轻风阵阵送渔歌。

三

弄春迎娶采莲娥，

布衣称体胜绮罗。

相迎笑问炊熟未？

黍饼银刀共一锅。

〔**出处**〕《芹洲笔记》①

---

① 《芹洲笔记》为杨柳青乡绅姚浚源（1871—1947，字芹洲，少年补监生）搜集整理的有关杨柳青地方风土人情、古寺、碑碣、传说等的方志资料性笔记，共四卷，后散失不存。其学生王鸿逵曾对该书做过部分记录。我们可以从王鸿逵先生的文章中略知一二。

津西览胜

白滩寺旧影（日本"华北交通写真"公布，冯立彩化）

小园道中

（清）查为仁

村园门巷半沾泥，
蜡屐来游日未低。
一阵枣花香裂鼻，
和风吹过板桥西。

〔**出处**〕《蔗塘未定稿》（《山行集》）

〔**作者简介**〕查为仁（1695—1749），清代诗人，字心谷，号莲坡，又号莲坡居士。天津人。其父查日乾曾建查氏园林别墅水西庄。查为仁于此广置图书、金石、鼎彝，结纳国内著名文人、学者，使这里成为天津文人聚集的中心。

康熙五十年（1711），左都御史赵申乔以顺天监临主考的身份主持顺天乡试。查为仁得第一名。这时，朝廷权贵欲打击赵申乔，便诬称查为仁雇佣枪手代考。刑部会议，判查为仁斩监候。其证据是卷面与册内籍贯不符。后遇赦改判八年徒刑。而主考官赵申乔毫发未损。查为仁纯粹是当时官场倾轧的牺牲品。此后，查为仁看透官场的黑暗，再也无意仕途，远离政治，醉心诗文。与厉鹗合笺《绝妙好词笺》被收入《四库全书》。著有《庶塘未定稿》九卷、《外集》八卷、《莲坡诗话》三卷等。

《津门诗钞》称其"天姿清粹，博学能文。受诗于高云禅师，旁通今古"。

　　清著名诗人厉鹗《查莲坡蔗塘未定稿序》称:"诗不可以无体,而不当有派。""查君莲坡以诗鸣寓内久矣。莲坡家海津,去日下数百里而近,舟车驰骛,惊扰于耳目;门墙授受,诱接其心思:宜其诗之囿于派。而莲坡掉头天际,纵心遥遇,所托意者,山水禅悦、友朋书卷之间。通脱雄鸷,涤烦释滞,标举胜境,流连景光,辄秀警不可刊置。闲为艳诗及乐府,非搴兰揽茝之旨,即花飞钏动之悟。此其陶冶深而采择富,殆无体不苞,以成为莲坡之诗体欤?"

查为仁招过杨柳青归游水西庄即事

（清）杭世骏

画舸征歌逐路新，

渌阴疑水雨疑尘。

云帆不改家江景，

邱壑真宜我辈人。

世味渐如诗境澹，

交情无假酒杯亲。

后期更指中庭树，

莫为攀条便怆神。

〔出处〕《道古堂诗集》（卷十一）

〔作者简介〕杭世骏（1696—1772），字大宗，号堇浦，仁和人。清代经学家、史学家、文学家、藏书家。自幼勤奋好学。雍正二年（1724）举人，后屡试进士不中。乾隆元年（1736）经浙江总督程元章举荐考取博学鸿词科，授翰林院编修，官御史。

乾隆八年（1743），乾隆帝下诏求直言，设"阳城马周"科。杭世骏不知乾隆要求直言乃是叶公好龙，上《时务策》，称"朝廷用人，宜泯满汉之见""满洲才贤号多，较之汉人，仅什之三四，天下巡抚尚满汉参半，总督则汉人无一焉，何内满而外汉也？"该文触怒乾隆。据称，杭世骏要被处死刑。侍郎观保极力为杭世骏求情，称杭世骏"是狂生，当其为诸生时,放言高论久矣";军机大臣兼户部尚书徐本不停叩头,乃至把额头磕肿。刑部寻议"杭世骏怀私妄奏,依溺职例革职"。

龚自珍《杭大宗逸事状》称:"乙酉岁,纯皇帝(笔者注:乾隆)南巡,大宗迎驾,召见,问:'汝何以为活?'对曰:'臣世骏开旧货摊。'上曰:'何谓开旧货摊?'对曰:'买破铜烂铁,陈于地卖之。'上大笑,手书'买卖破铜烂铁'六大字赐之。"

民间传说,乾隆见到杭世骏时曾问他:"你性情改过么?"世骏回答:"臣老矣,不能改也。"乾隆问:"何以老而不死?"杭世骏顶撞说:"臣尚要歌咏太平。"

革职后,杭世骏一心奉养老母和攻读、著述。乾隆十六年(1751)得以平反,官复原职。晚年主讲广东粤秀和江苏扬州两书院。期间专心著述,尽管与他同一年考中博学鸿词科的许多人都做了高官,但他的著作却是这些人中最多的。著有《诸史然疑》《史记考证》等,补纂《金史》,作《道古堂文集》《道古堂诗集》,等等。

龚自珍称杭世骏:"语汗漫而瑰丽,画萧寥而粗疏,诗平淡而倔强!"

清代文学家彭端淑称其诗歌:"豪放不羁,七古尤长。"

《国朝诗萃初集》称其"诗格清绪论老疏澹,逸气横流,不为书卷所累,故为先辈名流所推重"。

《清史列传》称其"诗风格遒上,最为当时所称"。

西郊秋雨

（清）沈起麟

晓村秋雨细如丝，

几点吹来落酒卮。

渐冷似传红叶信，

轻寒止许碧梧知。

夜分把卷还支枕，

漏下挑灯自课诗。

最是寂寥眠未稳，

潇潇客思动凄其。

〔**出处**〕《诵芬堂诗》

〔**作者简介**〕沈起麟（生卒年不详），号苑游，天津诗人。生活于清雍乾间，屡试不中，以布衣终老。

《津门诗钞》称"苑游山人家小有，喜施与，恬退和平，有靖节"。

杨柳青喜晴

（清）斌　良

穿树乌尼噪嫩晴，

梅飇湿减嫌衣轻。

水杨拂舫绿犹润，

杲日注窗红有情。

沙净喜堪投客屐，

莆芬势解助秋声。

狂飙细浪时相激，

见惯长年已不惊。

〔出处〕《抱冲斋诗集》（卷九）

〔作者简介〕斌良（1771—1847），字吉甫，又字笠耕、备卿，号梅舫、雪渔，晚号随荄，瓜尔佳氏，满族正红旗人。初以荫生捐主事。历官刑部侍郎，为驻藏大臣。

有"一代文宗"之称的阮元为该书作序，称其诗"处处雅饬，可称作家"。

津淀词

（清）斌　良

赛会鹍弦初作，
嬉春线贴全停。
郎待桃花港口，
妾依杨柳村青。

桃花口、杨柳青皆地名。

惯种豆萁一顷，
盼收禾黍千塍。
学得江南栽植，
西风罢亚初登。

天津向不种稻，始于明。汪应蛟传江南种地法。

〔**出处**〕《抱冲斋诗集》（卷九）
〔**作者简介**〕前文《杨柳青喜晴》诗后有介绍，不赘。

稍直口（邓之诚拍摄，冯立彩化）

小稍直口

（清）金　淳

农力盘盘篆，

新驴落落啼。

巷深能从①马，

村于②不闻鸡。

塔影天初正，

---

① 从通"纵"。

② 于，"迂"的本字，干路旁的曲折小路。

候云草又凄。

为何来此地,

鸿断不堪题。

〔**出处**〕《金朴亭诗钞》

〔**作者简介**〕金淳(生卒年不详),字朴亭,清代诗人,梅成栋弟子。撰、辑有《金朴亭诗钞》。金淳着意于文献的留存,天津前辈诗人的"残编剩稿"都予以收存。梅成栋有遗忘的,问金淳则多有记忆,能抄录。梅成栋编纂《津门诗钞》,颇得其力。

梅成栋称其"诗笔爽健"。

从西庄回至大园前

(清)金　淳

野趣填胸一味间，

丰然筋骨振要孱。

人游十里秋郊好，

水抱孤村志畅还。

风叶几林听瑟瑟，

寒流一带涌潺潺。

静中顿使机心去，

遮莫愁心又强颜。

〔**出处**〕《金朴亭诗钞》

〔**作者简介**〕前文《小稍直口》诗后有介绍，不赘。

西郊野望

（清）金　淳

和风淡宕早阴天，
游子行吟缓步前。
古寺无僧春寐了，
断碑仆地草绵绵。
残云野树荒祠净，
远水新花小巷连。
已是长安名利客，
莺声闻处耳边传。

〔**出处**〕《金朴亭诗钞》
〔**作者简介**〕前文《小稍直口》诗后有介绍，不赘。

小园前一带古坟风柳颇耐吟兴

(清)金 淳

脚步不声停，

古坟鬼上灵。

万年高冢固，

有客叹飘零。

地暖树犹绿，

天高云半青。

我倚怙恃久，

卜地望长龄。

又口占七绝一首

几竿高柳树凌云，

似有天神护古坟。

一路吟声吟不得，

前林寒叶几回闻？

〔**出处**〕《金朴亭诗钞》

〔**作者简介**〕前文《小稍直口》诗后有介绍，不赘。

144

津门怀古

（清）华长卿

黑堡城南古战场，
腥风吹堕月昏黄。
髑髅带血无人掩，
磷火成团出短墙。

〔**出处**〕《梅庄诗钞》卷四
〔**作者简介**〕前文《杨柳青》后有介绍，不赘。

津沽秋兴

(清)李庆辰

诗人曾说小扬州，

风景凄凉已到秋。

杨柳驿边黄叶落，

桃花市口白云浮。

寒波渐入杨汾港，

晚色遥侵篆水楼。

纵少渔人歌夜月，

是谁沽酒古堤头。

〔**出处**〕《醉茶诗草》(卷一)

〔**作者简介**〕前文《春日自北斜庄归》诗后有介绍，不赘。

西河旧影(日本"华北交通写真"公布,冯立彩化)

晚渡西河

(清)李庆辰

隔溪时听野乌啼,

芦溆沙滩路向西。

一个瓜皮轻荡处,

小桥流水暮云低。

〔**出处**〕《醉茶诗草》(卷一)

〔**作者简介**〕前文《春日自北斜庄归》诗后有介绍,不赘。

西郊即景

（清）李庆辰

三月冷于秋，

西风吹不休。

车行飞野马，

舟动起闲鸥。

碧塔云中寺，

青帘水上楼，

可怜堤畔草，

依旧屈金钩。

〔**出处**〕《醉茶诗草》（卷一）

〔**作者简介**〕前文《春日自北斜庄归》诗后有介绍，不赘。

西营门街小稍直口福寿宫（西青档案馆提供）

丙子上巳西郊登福寿宫大楼即景口占

（清）陈 珍

去年花时人看花，
今年花落寒食节。
去年寒食踏青人，
更醉今年上巳日。
王母侍儿许飞琼，
低眉似道浑相识。

劝我花时酒满斝，

莫待无花空愁绝。

试看门外红杏枝，

不作去年恼人色。

〔**出处**〕《鸹叶庵遗稿》

〔**作者简介**〕陈珍（1852—1876），字亚兰，号"沽上陈人"。因身体弱病，无意科名，他博览群书、过目成诵，山水、人物、花鸟、鱼虫画无所不精。"老母病瘵，潜割股肉和药饵母"，时称之为"陈孝子"。人以名重，后人建祠坊祀之。著有《鸹叶庵遗稿》。

梅宝璐称其"独倾心于诗画，临池染翰，兴到笔随，不囿于今，自合于古。见其诗与画，如见其人"。

杨光仪称其诗"古近体俱有逸致，挥洒自如，不落前人窠臼……其诗格雅近板桥，画亦无多让"。

御河行吟

东淀旧影(日本"华北交通写真"公布,冯立彩化)

舟过杨柳青

（元末明初）宋　讷

杨柳青枯异昔年，

人家犹有住河边。

缚芦厚覆低低屋，

把竹轻撑小小船。

半列霜禾喧鸟雀，

轻烧烟树立鸥鸢。

眼前莫究兴亡事，

万里舆图自一天。

〔出处〕《西隐集》(卷三)

〔作者简介〕宋讷(1311—1390)，字仲敏，号西隐。元末明初滑县人。元至正进士。任盐山尹，后弃官归隐。明洪武初年应征编礼、乐诸书，完成后，不仕而归。后经杜敩推荐，任国子助教。以讲授儒家经典而为学人推崇。洪武十五年(1382)，超迁翰林学士，改文渊阁大学士，再迁国子监祭酒。宋讷为学严立学规，治太学有绩，颇受明太祖朱元璋赏识。朱元璋曾咨询宋讷边防之策，宋讷提出屯田的建议，朱元璋"颇采用其言"。

助教金文徵等嫉妒宋讷，向吏部尚书余熂构陷宋讷，让他辞职退休。于是，宋讷向朱元璋请辞。朱元璋惊问原委后大怒，诛杀了余炌、金文徵等人,挽留宋讷留任。

《明史》说:"讷稍晚进,最蒙遇。"

《钦定四库全书·〈西隐集〉提要》说宋讷,"文章亦浑厚典雅,其奉敕制太学碑极为明祖所赏"。

过杨柳青

（明）沐　昂

迢递京畿路，

融合春半天。

山川殊富丽，

花柳更芳妍。

伐鼓催归棹，

挥毫续短篇。

凭高舵楼上，

吟罢思悠然。

〔出处〕《素轩集》卷四

〔作者简介〕沐昂（1379—1445），字景颙，明代开国名将、黔宁王沐英第三子。明初将领、诗人。历官散骑舍人、府军左卫指挥佥事、右都督、左都督、云南总兵官。正统十年（1445），沐昂去世，追封定边伯，谥号武襄。

沐昂为人和易，喜交文人，好诗文，为明初云南文坛领袖。著有《素轩集》等。

杨柳青舟中见月

(明)王　鏊

杨柳青前杨柳残，

南人北望思漫漫。

从来共月庵前月，

今夜蓬窗独自看。

〔出处〕《震泽集》(卷三)

〔作者简介〕王鏊(1450—1524)，字济之，号守溪，晚号拙叟，学者称其为震泽先生，吴县人。明代名臣、文学家。王鏊自幼聪明，有文名。成化十年(1474)，乡试中解元。成化十一年(1475)会试中会元，殿试一甲第三名，授翰林编修。明孝宗时历侍讲学士、日讲官、吏部右侍郎等职。明武宗时任吏部左侍郎，与吏部尚书韩文等请武宗诛刘瑾等"八虎"，但事败未成。旋即入阁，拜户部尚书、文渊阁大学士。次年，加少傅兼太子太傅、武英殿大学士。

后刘瑾更加专横，王鏊见无可挽回，便求辞官。正德四年(1509)五月，他三次上疏请辞，才被批准。后家居十六年，大臣们交相荐举，终不肯复出。

王鏊著有《震泽编》《震泽集》《震泽长语》《震泽纪闻》《姑苏志》等。《皇明经世文编》辑有《王文恪公文集》。曾参与编修《明宪宗实录》《明孝宗实录》，任《孝宗实录》副总裁。与徐溥等共修《大明会

典》，任副总裁。

《明史》说："鏊博学有识鉴，文章尔雅，议论明畅。晚著《性善论》一篇，王守仁见之曰：'王公深造，世未能尽也。'"他影响、培养了唐伯虎等一批文人。其文风"尚经术，险诡者一切屏去。弘、正间，文体为一变"。

王鏊更以人品闻名。王守仁（即王阳明）说他"世所谓完人，若震泽先生王公者，非邪？"唐伯虎称其"海内文章第一，朝中宰相无双"。

杨柳青

(明)吴承恩

村旗夸酒莲花白，

津鼓开帆杨柳青。

壮岁惊心频客路，

故乡回首几长亭。

春深水涨嘉鱼味，

海近风多健鹤翎。

谁向高楼横玉笛？

落梅愁绝醉中听。

〔出处〕《射阳先生文存》(卷一)

〔作者简介〕吴承恩(1506—1583)，字汝忠，号射阳山人，淮安府山阳县人。吴承恩科举中屡遭挫折，嘉靖中补贡生。嘉靖四十五年(1566)任浙江长兴县丞。由于宦途困顿，晚年绝意仕进，闭门著述。著作被编为《射阳先生文存》。

现存明刊百回本《西游记》均无作者署名，最先提出《西游记》作者是吴承恩的是清代学者吴玉搢，吴玉搢在《山阳志遗》中介绍《淮贤文目》载《西游记》为先生著。但这一说法并无确实佐证，《淮贤文目》载《西游记》仅为目录，并不能确定就是小说《西游记》。因此，吴承恩是否小说《西游记》作者受到学术界质疑。

明天启《淮安府志》称吴承恩"性敏而多慧,博极群书,为诗文下笔立成,清雅流丽,有秦少游之风。复善谐谑,所著杂记几种,名震一时"。清嘉庆《长兴县志》称其"性耽风雅,作为诗,缘情体物,习气悉除。其旨博而深,其辞微而显,张文潜后殆无其伦"。

泊天津稍直口诗

(明)顾彦夫

名津稍直一舟横，

野旷谁知夜几更。

山月徘徊人独立，

海天寥落雁孤鸣。

河流东下烟波远，

风阵西来草木惊。

有酒欲斟斟不得，

边防民瘼正关情。

〔**出处**〕《北河纪》(《北河纪余》卷四)

〔**作者简介**〕顾彦夫(生卒年不详)，字承美，无锡人。明正德五年(1510)中举人，嘉靖己丑举进士，在南京为太常博士。期间，顾彦夫深得当时的著名学者吕仲木的器重，被其推荐国子监监丞，但没有成功，而就任瀛海别驾，再后来又做了河间府通判。当时官场贿赂腐败常见，而顾彦夫却"秋毫不涅"。著有《瀛海集》十二卷。

时人乔尚称："君为举人二十三年，书剑之外无长物。畿务典马之官类以贿败，君比及三年而秋毫不涅，是其秉心塞渊，不为利禄所眩夺。宜其举笔成文，类有充然自得之见，不泥故常，而根极理致也。""虽圣人复起，不易斯言者。""君之可传，不止文字之工而已。"

夜发杨柳青望天津海口

（明）于慎行

夕泊大堤口，

雨气侵肌骨。

舟子不得停，

鸣桨中夜发。

闻道海门近，

惊栗不敢越。

渔灯隐遥浦，

箫鼓声未歇。

人语烟中村，

舟横沙上月。

岸接远流平，

树入回波没。

不睹潮涨奇，

安知溟渤阔。

喔喔天鸡鸣，

东望苍烟裂。

霞生赤城峤，

日出扶桑窟。

胧胧五云里，

欲吐金银阙。

钟鼓罗宫廷，

百辟修朝谒。

整衣顾我仆，

神情坐超忽。

〔出处〕《谷城山馆集》(卷二)

〔作者简介〕于慎行(1545—1607)，明代文学家、诗人。字可远，又字无垢。东阿县东阿镇(今属平阴)人。明隆庆二年(1568)进士，改庶吉士，授编修。万历初年，《穆宗实录》成，进修撰，充日讲官。后升礼部右侍郎、左侍郎，转改吏部，掌詹事府，又升礼部尚书。万历三十三年(1605)诏为詹事未上任，后朝中推出七位阁臣，首为于慎行，诏加太子少保兼东阁大学士，入参机务。

万历初年，张居正当国，他进行了一系列改革，解决了明朝中期许多严重的社会问题，为明朝政治经济的稳定发展做出了很大贡献。但张居正个人作风独断专行，压制百官，引起朝中普遍不满。御史刘台因为弹劾张居正专恣不法，而被下狱谪戍。同僚都避讳刘台，而于慎行却独往视之。万历六年(1578)，张居正父亲病故，他不想遵制守丧，授意门生提出"夺情"。神宗予以批准，举朝大哗。于慎行与其他大臣一起疏谏，以纲常大义、父子伦理劝神宗收回成命，张居正很不高兴。一次，他对于慎行说："子吾所厚，亦为此也？"于慎行语重心长地对他说："正以公见厚故耳。"

后来，张居正死去，反对他的势力执掌了朝政，左右了神宗。这

时,张居正遭政敌攻击,死后被剥夺封爵,籍没全家。于慎行在这种情况下,不避嫌怨,以恳挚的语气写信给主持此事的丘橓,"居正母老,诸子覆巢之下颠沛",实堪可怜,望予关照。

万历三十五年(1607)山东发生试题泄露事件,于慎行引咎辞职归家。后卧病不起,数日病死,年六十二岁,赠太子太保,谥文定。

于慎行著有《谷山笔麈》《谷城山馆集》《读史漫录》,编纂有《兖州府志》。

《明史》称"慎行学有原委,贯穿百家。神宗时,词馆中以慎行及临朐冯琦文学为一时冠"。

杨柳青道中

（明）于慎行

鸣榔凌海月，

捩舵破江烟。

杨柳青垂驿，

蘼芜绿刺船。

笛声邀落日，

席影挂长天。

望望沧洲路，

从兹遂渺然。

〔**出处**〕《谷城山馆诗》（卷六）

〔**作者简介**〕《夜发杨柳青望天津海口》中有介绍，不赘。

次杨柳青船上作二首

（清）陈廷敬

一

三日黄云逐岸沙，

得船今日似归家。

午亭烟舫春光暖，

飞尽东风杨柳花。

二

渔子风潮若个边，

榜人相就宿寒烟。

天家赐与舟船好，

欸乃声中似往年。

〔**出处**〕《午亭文编》（卷二十）

〔**作者简介**〕陈廷敬（1639—1712），字子端，号说岩，晚号午亭，清代泽州府阳城人。顺治十五年（1658）进士。初名敬，因同科有同名者，皇帝给他加上"廷"字，改为廷敬。

历任翰林院庶吉士、翰林院侍读学士、经筵讲官、《康熙字典》的总裁官、礼部侍郎、吏部左侍郎（管右侍郎）、都察院左都御史、工部尚书、户部尚书、刑部尚书、吏部尚书、文渊阁大学士等职。是康熙年间重臣。2018年9月，中央电视台播出的电视连续剧《一代名相陈廷敬》即此人故事。

陈廷敬工诗文,著有《午亭文编》五十卷。

《清史稿》说:"廷敬初以《赐石榴子》诗受知圣祖,后进所著诗集,上称其清雅醇厚,赐诗题卷端。"

《钦定四库全书·〈午亭文编〉提要》说陈廷敬:"喜为诗歌,门径宗仰少陵,颇不与王士祯相合,而士祯甚奇其诗。""以渊雅之才,从容簪笔典司文章,得与海内名流以咏歌鼓吹为职业。故其著述大抵和平深厚,当时咸以大手笔推之卷首。"

渡潞河题壁

(清)曹　寅

水流沙阔岸无尘,
策马东来此问津。
杨柳青青隔春浦,
晚风愁杀渡河人。

〔**出处**〕《楝亭诗别集》卷一

〔**作者简介**〕曹寅(1658—1712),字子清,号荔轩,又号楝亭,又号雪樵,清内务府正白旗。《红楼梦》作者曹雪芹的祖父。曹寅十六岁时入宫为康熙銮仪卫,康熙二十九年(1690)任苏州织造,三年后移任江宁织造。康熙后六次南巡,其中四次皆住曹寅家。

曹寅曾卷入康熙晚期皇子争储的斗争中,多次保举八阿哥胤禩担任太子。雍正登基后,曹寅嗣子曹頫因经济亏空等罪革职抄家。此后,家族迅速败落。

曹寅通诗词,曾主持编刻《全唐诗》,著有《楝亭诗钞》《楝亭诗钞别集》《楝亭词钞》《楝亭词钞别集》《楝亭文钞》等。

杨柳青舟中

（清）查　曦

青青杨柳色，

十里大河边。

岸岸鱼虾市，

帆帆米豆船。

潮回残照外，

雁度晚风前。

南望沧州曲，

浮云淡远天。

〔**出处**〕《珠风阁诗草》（卷二）

〔**作者简介**〕查曦（1674—1738），清代天津诗人。《天津县新志》称："查曦，字汉客，本歙人，自其祖北迁，遂隶籍焉。工诗善医。"他是天津著名诗人张灏的弟子，水西庄查氏族人。著有《珠风阁诗草》六卷、《续集》一卷。

《晚晴簃诗汇》称："赵秋谷、吴天章并以诗名，当康熙戊寅、己卯间，先后至津，称诗者翕然从之。汉客与游，其诗日进，足迹半天下，多历奇伟之境，胸次益广，诗益工。"

舟行杨柳青 村名

（清）纳兰常安

长空云幕卷，

野水涨沙汀。

落日蘼芜绿，

晚烟杨柳青。

卫漳经泰岳，

潮汐发沧溟。

望望天津路，

风帆去未停。

〔**出处**〕《受宜堂驻淮集》（卷十一）

〔**作者简介**〕纳兰常安（1681—1748），满族，清代著名的散文家、诗人。叶赫纳拉氏，字履坦，满洲镶红旗人。康熙三十二年（1693）举人，以诸生授笔帖式，自刑部改隶山西巡抚署。雍正元年（1723）任山西太原理事通判。后转任冀宁道，迁任广西按察使、云南按察使、贵州布政使、江西巡抚。雍正十三年（1735）因母丧去官。乾隆元年（1736），常安回北京，船经过仲家滩，其仆人强迫闸官在非开闸时间开闸越渡。乾隆皇帝听说后不满，说："皇考临御时所未尝有！徒以初政崇尚宽大，常安封疆大吏，乃为此市井跋扈之举，目无功令！"纳兰常安因此被夺官，下刑部论罪。后帝命宽免，由江西入都督理北路粮饷。乾隆四年(1739),纳兰常安任盛京兵部侍郎。乾隆五年(1740),召改刑部左侍郎。乾隆六年(1741),纳兰常安移任浙江巡抚,官漕运总督。

纳兰常安任浙江巡抚时,曾上疏乾隆:"属吏贤否视上司为表率,唯有身先砥砺,共励清操。"有辞巡抚意。乾隆谕:"廉,固人臣之本,然封疆大臣非仅廉所能胜任,为国家计安全,为生民谋衣食,其事正多。观汝有终身诵廉之意,则非矣。"纳兰常安任浙江巡抚期间,治水患、清盗源、厘盐政,躬谨勤劳,颇有政绩。乾隆十二年(1747),纳兰常安陷入官场争斗,被闽浙总督喀尔吉善劾奏纳兰常安受贿等十事,常安被解职。虽然处理此事的大学士高斌报告乾隆其事多为罗织,但纳兰常安仍被下刑部狱,死于狱中。

纳兰常安虽然受累于仕途,但却是一位颇有成就的文人、学者。著有诗文集《醉红亭集》《瀚海前后集》等,这些文集后来统编为《受宜堂集》。他还著有史论著作《明史评》、人物传记集《从祀名宦传》、笔记《受宜堂宦游笔记》等,甚至有奇门遁甲研究专著《遁甲吾学编》。

《清史稿》称其"工文辞,有所论著"。

重阳前一日泊舟杨柳青村名
率诸子步至宋上舍斋头小憩次诚儿韵并示勘

（清）钱陈群

舟行才十日，
且喜当浮家。
排闷棋为药，
安贫饭带沙。
柳村听唤犊，
蓼渚看捞虾。
整帻劳人问，
支筇趁日斜。
未须卯后酒，
试点雨前茶。
爱客供寒具，
呼童捡画叉。
晚花初拂水，
残墨乱涂鸦。
行乐随心赏，
薄游感鬓华。
思乡终得到，
去国已嫌赊。

汝志珍初旭，

予情托晚霞。

一衣思必敝，

半食要防奢。

莫以随南棹，

而忘返北车。

时诚儿奉旨随归。

〔**出处**〕《香树斋续集》卷二

〔**作者简介**〕钱陈群(1686—1774)，字主敬，号香树，又号集斋、柘南居士，嘉兴人。清康熙六十年(1721)进士，改庶吉士，授编修。雍正时任陕西宣谕化导使，后任侍读学士，入值内廷，充日讲起居注官，督学顺天。乾隆初年擢右通政使，仍督顺天学政。后迁内阁学士，官刑部侍郎，充经筵讲官、会试副总裁，两典江西试。乾隆十七年(1752)引疾归乡。

钱陈群得乾隆尊宠，退休后仍与乾隆唱和诗作，赴京为乾隆和皇太后祝寿，随同乾隆到塞外行猎。乾隆也多次赏赐，邀其迎驾、扈从。钱陈群归乡后仍加尚书衔，食全俸，进太子太傅。去世赠太傅，谥文端，祀于贤良祠。

钱陈群善书能画，诗文亦佳，著有《香树斋诗集》《香树斋文集》。

同时代的著名学者陆奎勋称其诗"自可兼括两汉三唐，而树诗林之标准"。

雨中过杨柳青

距天津三十里

（清）杨锡绂

气候犹余暑，

风帆已背城。

双旌分雨色，

一叶挂秋声。

亭馆来时渡，

蒹葭望里情。

行当谋一醉，

前路即沧瀛。

〔**出处**〕《四知堂文集》卷三十

〔**作者简介**〕前文《杨柳青》诗后已有介绍，不赘。

杨柳青阻风

（清）杨锡绂

狂风吹水如拥山，

浪花倒射苍崖间。

龙骧万斛不敢下，

小舟一叶穷湾环。

青青杨柳来时树，

秋色苍然满前渡。

人生有福始能闲，

谁遣艰难阅行路。

〔出处〕《四知堂文集》卷三十四
〔作者简介〕前文《杨柳青》诗后已有介绍，不赘。

桃花口

(清)金尚炳

来宿桃花口，

还寻杨柳青。

何曾比人面，

浑未折长亭。

芳美园空寂，

支离梦杳冥。

一般名实舛，

无事混图经。

〔**出处**〕《天津县志》(卷二十三);《天津府志》(卷三十九)

〔**作者简介**〕金尚炳(生卒年不详)，字犀若，号月樵，原籍绍兴，商籍天津。清乾隆三年(1738)举人。

夜泊念家嘴

（清）金玉冈

犬吠沙村夜，

寒潮静自流。

月沉荒岸外，

人在小船头。

有客同茶灶，

无儿制钓钩。

虫声吟思苦，

凄切野田秋。

〔**出处**〕《黄竹山房诗钞》（卷四）

〔**作者简介**〕金玉冈（1711—1773），字西昆，号芥舟，又号黄竹老人。祖籍浙江山阴，祖父金平盐业发家，清康熙年间始居天津，金平在城西北角建杞园。金玉冈诗、书、画全能，沉渊于学，终生布衣。壮年时告别杞园，游历全国，后人称天津徐霞客，以诗文记载各地风景。

金玉冈常与查为仁、查昌业、郑熊佳、徐云等当时的文人墨客诗酒唱和。

梅成栋在《津门诗钞》称："工诗善画，自成一家。""尝论沽上诗人，前有张舍人苓山，后有黄竹老人。"

《天津县志》作者高凌雯称其"芥舟之清才，得于天也"。

杨柳青天全法师塔旧影(《天津商报图画半周刊》第1卷第33期)

天全法师塔(冯中和根据《天津商报图画半周刊》照片结合回忆绘制)

自潞河登舟阅四日始达天津即事偶成

(清)程晋芳

放舟杨柳青,
遥指直沽水。
石尤风太狂,
舟子呼止止。

须臾急雨来，

湿漏到篷底。

衣衫无余干，

况此薄行李。

半生走长途，

偃蹇辄如此。

惟动鲜亨贞，

于易探微旨。

所以灌园人，

泥涂甘曳尾。

〔出处〕《勉行堂诗集》卷八

〔作者简介〕程晋芳（1718—1784），清代经学家、诗人。初名廷璜，字鱼门，号蕺园，歙县岑山渡人。乾隆二十七年（1762）三月，乾隆南巡，程晋芳献《江汉朝宗赋》，拔置第一，赐举人，授中书舍人。乾隆三十六年（1771）进士，由内阁中书改授吏部主事，迁员外郎，授翰林院编修/《四库全书》总目协勘官。与时任《四库全书》馆副总裁的刘墉共事，成莫逆之交。被举荐纂修《四库全书》。

其家世业盐于淮扬，殷富，好交又好施与。与商盘、袁枚相唱和，并与吴敬梓交谊深厚。晚年与朱筠、戴震游。"好周戚友"，又任家奴盗侵，乃至老时贫穷。著有《蕺园诗》三十卷、《勉和斋文》十卷等。

徐世昌《晚晴簃诗汇》称其"與王渔洋后先媲美，词林掌故，不多觏也"。

寒食过杨柳青

（清）彭元瑞

春光已作寒食节，

客路始逢杨柳青。

地脚渐南衣觉重，

潮头近海气多腥。

伤心时物乌衔纸，

望远程涂鸟刷翎。

不见野棠花似雪，

何年窀穸妥先灵。

〔**出处**〕《恩余堂辑稿》卷四

〔**作者简介**〕彭元瑞（1731—1803），字掌仍，一字辑五，号芸楣（一作云楣），江西南昌人，清代大臣、学者、楹联名家。乾隆二十二年（1757）进士，改庶吉士，授编修，累官历礼部尚书、兵部尚书、工部尚书、文渊阁领阁事。嘉庆时，任实录馆正总裁、会典馆正总裁。嘉庆八年（1803），彭元瑞去世。皇帝赐银千两治丧，遣官致奠，赠协办大学士，谥文勤。

彭元瑞为官勤勉。乾隆四十二年（1777），他先后充浙江乡试正考官，任浙江学政。其时试卷彭元瑞皆亲自批阅，几案置卷数百，二仆人侧侍，左展卷，右收卷，循环不息，侍者告疲，而元瑞犹批览自若，有"大场则万卷全批,小试无一字不阅"之语。

彭元瑞也是一位著名诗人,"少以诗文名",著有《恩余堂辑稿》等。

过杨柳青

（清）王德钦

晓发天津客梦醒，
轻风丝雨澹残星。
朦胧目断清魂处，
翠袖楼前杨柳青。

〔**出处**〕清郑相如编《泾川文载》（卷三十三）

〔**作者简介**〕王德钦（生卒年不详），字伊文。少时即刻苦为文。为人谦和敏练。雍正四年（1726）中举人。乾隆二年（1737）进士，未仕而卒。曾五次赴京会试，有诗三百首，集为《燕游草》。

《泾川文载》称其诗"吊古咸今，雅有风致"。

津门棹歌呈家小如明府长春

(清)沈　峻

家家户户对蓬窗，

白鹭飞来照影双。

杨柳桃花三十里，

罟师①都惯唱南腔。

〔出处〕《欣遇斋诗集》(卷十三)

〔作者简介〕沈峻(1744—1818)，字存圃，号丹崖，天津人。其父沈世华葬于津西雷庄子(今西青区中北镇雷庄子村)。沈峻为乾隆三十九年(1774)副贡生，官广东吴川县知县。因失察私盐谪戍新疆。释还家居，诗书为乐。

《红豆树馆诗话》："先生诗出入汉魏唐宋诸名家，而不袭其貌，浑厚宕逸，于少陵、东坡为尤近。""其取境之高，造诣之邃，非模拟织巧家所得俪也。"

---

①罟师，指渔夫。

夜泊丁字沽作

（清）顾宗泰

丁字沽南青青柳，

丁字沽北桃花口。

桃花杨柳送行舟，

天外江云一回首。

江南计驿已三千，

咫尺金台挂眼前。

软红马首东华路，

晓露鸡鸣西掖天。

东华西掖萦清梦，

小泊滩头对菰葑。

书舫微吟夜雨催，

客灯满酌香醪中。

蓬莱海上高琼楼，

九河齐入沧溟流。

烟波此际真浩荡，

开襟便得销烦愁。

极目乡关渺何处？

苍烟已接蓟门树。

明晨帆驶过河西，

飞云好许追鹣鹭。

〔**出处**〕《月满楼诗集》(卷二十三)

〔**作者简介**〕前文《杨柳青》诗后有介绍。不赘。

舟过杨柳青感旧

（清）黄景仁

此地尚余杨柳青，

昔年献赋记曾经。

龙舟凤舸云中见，

广乐钧天水上听。

箧里宫袍犹自艳，

梦中彩笔竟无灵。

阻风中酒情何限，

目断孤鸿下晚汀。

〔**出处**〕《两当轩集》（卷十五）

〔**作者简介**〕黄景仁（1749—1783），字汉镛，一字仲则，号鹿菲子，常州府武进县人，黄庭坚后裔。黄景仁家境清贫，少年时即有诗名，为求生计开始四方奔波，一生穷困潦倒。清乾隆四十六年（1781）被任命为县丞，四十八年（1783）病逝。著有《两当轩集》《竹眠词》。

安徽督学朱筠曾经在采石矶太白楼举行诗会。与会数十人，黄景仁年纪最小，穿白祫立日影中，顷刻作诗数百言，展示给人们看后，其他人都不再写了。正好当时士子们在当涂参加考试，竞相找人求白祫少年的诗，一时纸贵。

《清史列传》称黄景仁"乾隆间论诗者推为第一""骈体文绝似

六朝"。

〔**诗作背景**〕此诗为乾隆四十五年（1780），作者随其幕主程世淳赴任山东学政途中所作。程世淳赴任一路从北运河到南运河，到德州后改走陆路到济南。途经杨柳青时，作者故地重游，无限感慨，遂作此诗。

20世纪40年代的文昌阁（周杰提供，冯立彩化）

晚行杨柳青道中

（清）查　彬

一水苍茫汇众流，
畿南回望使人愁。
遥看杨柳疑为岸，
行到芦花不见洲。

西青大运河诗钞
XIQING DA YUNHE SHICHAO

孤艇稳如天上坐，

千村低在浪中浮。

渔歌唱晚蝉声沸，

落日飞霞万顷秋。

〔**出处**〕《小息舫诗草》(卷一)

〔**作者简介**〕查彬(1763—1821)①，又名曾印，字伯野，号憩亭，又号湘芗。水西庄查为义之孙。清乾隆四十九年(1784)进士，官至信阳州知州。善画山水，对易经有研究。著有《易经杂说》《湘芗漫录》《小息舫诗草》等。

---

①查彬生年为清乾隆二十七年(1762)，故一般资料多认定其生年为公历1762年，但查彬《小憩舫诗草》卷五有《辛酉嘉平朔六日四十初度》诗，表明其生日为农历十二月初六，即1763年1月19日。

杨柳青舟中

（清）吴荣光

烟驿垂杨暖未明，

双篷孤棹客初程。

萧萧枕上惊残梦，

听到虫声作雨声。

〔**出处**〕《石云山人集》

〔**作者简介**〕吴荣光（1773—1843），字伯荣，一字殿垣，号荷屋、可庵，晚号石云山人，别署拜经老人。广东佛山人。清代岭南名宿，于金石书画，鉴别最精。嘉庆四年（1799）进士，由编修官擢御史，历任福建按察使、浙江按察使、湖北按察使，后任贵州布政使、福建布政使。道光十一年（1831）擢湖南巡抚。道光十六年（1836）坐事降为四品卿。道光十七年（1837），授湖南布政使。道光二十年（1840）召入都，以年力就衰，原品休致。回乡后主持佛山团练。翌年，组织抗击英军。

吴荣光善于金石、书画鉴藏，且工书善画，精于诗词。著有《历代名人年谱》《筠清馆金石录》《筠清馆帖》《辛丑销夏记》《帖镜》《石云山人集》。

过杨柳青偶然作

(清)张祥河

杨柳为侬三度青，
爱侬诗句自亭亭。
将诗唱与垂杨底，
柳口人家可要听？

〔**出处**〕《诗龛诗录》(卷六)

〔**作者简介**〕前文《高阳台·题孔琴南孝廉柳村读书图》词后有介绍，不赘。

自柳口移舟至桃口

(清)张祥河

问渡桃花口，

初从柳口经。

水连沙埂白，

天入麦畦青。

风日扬帆丽，

鱼虾挂网腥。

红桥回首处，

独少短长亭。

〔**出处**〕《诗龛诗录》（卷六）

〔**作者简介**〕前文《高阳台·题孔琴南孝廉柳村读书图》词后有介
绍，不赘。

舟行感秋忆所过有名桃花口
杨柳青者遣兴漫成寄都下

（清）吴清鹏

放舟桃花口，

次舟杨柳青。

本来无桃柳，

况正值秋零。

我既不及时，

汝亦蒙虚声。

去去莫复道，

行行更前程。

霜风下木叶，

慨然思洞庭。

橘柚竟不来，

黄落空满汀。

秋思日萧索，

旅怀积已盈。

回首望桃柳，

转复牵我情。

虽无春风色，

尚爱春风名。

收之入诗卷，

一篇遂漫成。

聊用寄亲素，

知我道所经。

他年舆地志，

一笑王阮亭。

渔洋喜用地名入诗。或有嘲为舆地志者，亦轻薄之见也。

〔**出处**〕《笏庵诗》（卷十）

〔**作者简介**〕吴清鹏（1786—？），字程九，号西谷，又号笏庵，浙江钱塘人。清嘉庆二十二年（1817）探花。由翰林院编修官至顺天府丞。后主讲扬州安定书院。著有《笏庵诗》。

《晚晴簃诗汇》称其"诗格出入西江，性情挚而骨干峻，与《有正味斋》旨趣不同"。

杨柳青后大道（冯立拍摄）

舟过杨柳青有作

（清）黄香铁

天津桥南酒初醒，
轻帆已抵杨柳青。
夕阳未落月已上，
市风卷出鱼虾腥。
河流之字凡百折，
漕船衔尾催严程。
是时晚凉袭衣袂，
汀花岸草生微馨。

水鸟掠船有野趣，
浦云过江无滞形。
却思燕市正苦热，
黄尘十丈连郊坰。
城根日色作旱瘦，
丝丝惨绿垂河柽。
高驼如山影在地，
驮煤归去摇空铃。
凉棚连天起大厦，
筛壶洒地霏冰厅。
填门车马聚热客，
堆盘酒肉围饥蝇。
斋名往往榜吴舫，
好风不到愁轩楹。
热肠取冷觉无谓，
岂如云水浮空冥。
我离京师近十日，
梦魂空旷神清凝。
风声水声答吟啸，
仿佛广乐钧天听。
夜深倚篷恋清景，
远洲渔火迴明星。
朝天客梦应唤起，

九门鱼钥催开扃。

〔出处〕《读白华草堂诗》初集卷六

〔作者简介〕黄香铁(1787—1853),原名黄钊,字谷生,广东蕉岭县人。清乾隆五十二年(1787)生于江苏苏州黄丽坊。嘉庆二十四年(1819)甲申科举人。著名诗人、方志学家和教育家。

黄香铁自幼聪颖好学,十岁即能诗。后与他人被称为"南粤七才子""梅诗三家"。

著有诗集《读白华草堂诗》、地方志《石窟一征》等。

津　门

（清）王乃斌

直沽风景暂来探，

客傥题襟我亦堪。

七姓残疆开剧郡，

九河故道惜空谈。

元置海津镇，只七姓。李咬儿、只朵军皆设镇时所徙。明只设天津左右三卫。国朝设天津府，始一大都会。

台销烽警民情乐，

郡城外环列戍台七座，为前明防倭寇而设。

海静洪波圣泽覃。

海神庙有"静洪波"赐额。

自别垂虹秋色远，

楼台烟水借江南。

津门土人呼为小江南。明汪必东《天津浣俗亭诗》："小借江南留客坐，远疑林下伴人来。"盖与江南风景绝似，繁华亦同。

鱼盐利擅古长芦，

随处名园问有无。

吾杭汪槐堂徵君《沽上题襟集》中称："天津有鲁庵张氏一亩园，笨山张氏卧松馆，芰梁梁氏慎雅堂，东溟龙氏宁园。一亩园有红坠楼、垂虹榭诸胜。前辈若梅定九、朱竹垞、查初白、姜湛园、赵秋谷、查查浦、朱字绿皆主其家，有'小玉山'之目。徵君所主乃查氏水西庄。极池馆之胜同时。吾杭陈句山、厉樊榭,天台齐息园,诸先生觞咏称盛。外又有王氏怀园、牛氏康园、杜氏浣花村别墅。惜于役匆匆,不及一访为怅。"

> 驿路亭多绕杨柳,
>
> 舍人诗好忆蘼芜。
>
> 时当虾蟹三秋市,
>
> 客本烟波一钓徒。
>
> 安得海风吹碣石,
>
> 飞来峰下醉西湖。

天津有杨青驿。《长安客话》:"杨柳青地近丁字沽,四面多植杨柳,故名。"潘舍人季纬诗"客路蘼芜绿,人家杨柳青"句是也。

〔**出处**〕《红蝠山房二编诗续钞》

〔**作者简介**〕王乃斌(1787—?),字吉甫,号香雪,浙江仁和(今杭州)人。清道光十二年(1832)副贡生。曾掌教浯江书院,后入周凯幕。以军功官直隶易州、冀州州判。著有《红蝠山房诗钞》《红蝠山房二编诗钞》等。

大刘家胡同二百多年树龄的古槐（冯立拍摄）

利民胡同民居（冯立拍摄）

过杨柳青

天津南三十里

（清）陈　锦

傍水成村柳色妍，

估檣密织大堤边。

河流入海不忍去，

七十二沽相转旋。

〔**出处**〕《补勤诗存》（卷之八）

〔**作者简介**〕陈锦（1821—1877），字昼卿，号补勤，浙江山阴人。清道光二十九年（1849）举人。同治初年，投笔从戎，镇压太平军。由知县历官山东候补道。有《补勤诗存》。

舟次杨柳青

（清）陈　锦

铃声鞭影了前游，
褦襶①来乘析木舟。
百劫名场惭绣豸，
五更归梦泣椎牛。
鲂鱼得水犹赪尾，
乌鸟多情先白头。
一样青青杨柳驿，
十年前已悔封侯。

〔**出处**〕《补勤诗存》（卷之十七）
〔**作者简介**〕前文《过杨柳青》诗后有介绍，不赘。

---

①褦襶，指衣服粗厚臃肿貌，既不合身，也不合时。比喻不晓事，无能。

登舟早发

（清）华光鼐

残月落秋水，
西风吹客衣。
榜人初解缆，
杨柳剧依依。
一叶飘然去，
休教壮志违。
离家三十里，
回首看朝晖。

〔**出处**〕《东观室诗遗稿》

〔**作者简介**〕华光鼐（1826—1857），天津清末诗人，字少梅，号柏铭。华长卿子，诸生。华光鼐少勤于学，工诗，以疾卒，年仅三十二岁。著有《东观室遗稿》，辑有《津门文钞》。

舟 行

（清）王先谦

春帆河上程，
斜日水边亭。
船鼓番番打，
村讴转转听。
潜苏鱼出沫，
新浴鸟梳翎。
喜得来舟报，
冰开杨柳青_{地名}。

〔**出处**〕《虚受堂诗存》（卷八）

〔**作者简介**〕王先谦（1842—1917），清末学者，湖南长沙人。字益吾，因宅名葵园，学人称为葵园先生。他是著名的湘绅领袖、学界泰斗。年轻时，因父亲去世早，充任军中幕僚。同治三年（1864）中举人，同治四年（1865）中进士，钦点翰林院庶吉士，散馆授编修，累迁翰林院侍讲。光绪六年（1880）任国子监祭酒。复在国史馆、实录馆兼职。光绪十一年（1885）督江苏学政。光绪十五年（1889），王先谦卸江苏学政任，回长沙定居。光绪二十年（1894），任岳麓书院山长，主讲岳麓书院达十年之久。

他反对新思想、维新变法及民主革命运动。武昌起义后,闭门著书,有《汉书补注》《水经注合笺》《后汉书集解》《荀子集解》《庄子集解》《诗三家义集疏》《虚受堂诗存》《虚受堂文集》等存世。

耕读胡同（冯立拍摄）

归舟至杨柳青夜泊遇雨

（清）张式尊

扁舟一叶载行装，

飒飒西风送晚凉。

舱里孤灯篷背雨，

那来好梦到家乡。

〔出处〕《吟香室诗稿》

〔作者简介〕张式尊（1870？—1938后），字敬之，号东园居士、冷眼翁，室名吟香室，吴桥人。清优廪生。民国间任河北省立深县中学、沧县中学国文教师。工诗善画。著有《吟香室诗稿》。

驿路杨青

收藏于天津邮政博物馆的杨青水驿匾(冯立拍摄)

串心堂子胡同（于培福拍摄）

杨青驿[①]

(明)唐之淳

一

杨青驿前杨柳青，

马头南去船北行。

北方土寒春尚浅，

三月尽时莺未鸣。

---

①杨青驿，明代建立的驿站，本在杨柳青，因方言发音等缘故，称为杨青驿。分水驿、马驿。原属武清县。明嘉靖十九年(1540)，并移至天津城外双庙街(当时驿丞兼为地方巡检，双庙、杨柳青等四十多个村庄属于杨青巡检司管辖)。隆庆二年(1568)，改属静海县。清雍正八年(1730)划归天津县。乾隆时在杨柳青镇区设巡检分司，衙署设在药王庙。

二

倚马停舟竞攀折，

青丝络手花飞雪。

人心自尔忆乡关，

柳色何曾管离别。

三

草木无情是杨树，

莫种驿亭分别处。

旧愁新恨几时休，

前头又入杨村去。

〔**出处**〕《唐愚士诗》（卷一）

〔**作者简介**〕唐之淳（1350—1401），字愚士，以字行，浙江山阴（绍兴）人。明建文初年为翰林院侍读。著有《唐愚士诗》。

《四库全书·〈唐愚士诗〉提要》说："其诗虽未经简汰，金砾并存，而气格质实无元季纤秾之习，其塞外诸作，山川物产尤足以资考核。"

杨青驿

(明)庄　昶

杨柳青题旧驿亭，
人来杨柳半凋零。
可知自有吾心柳，
万古无穷一样青。

〔**出处**〕《定山集》(卷二)

〔**作者简介**〕庄昶(1437—1499)，字孔旸，一作孔阳、孔抃，号木斋，晚号活水翁，江浦孝义人。明成化二年(1466)进士，改庶吉士，后授翰林院检讨。撰有《定山集》十卷。

杨青驿怀原复佥宪先寄原鲁

（明）顾　清

千里漳河欲尽头，

美人曾此驻兰舟。

癸亥春，予以忧南还，原复北上。

图南暂息云中羽，

拱北重瞻海上楼。

眉宇几时消鄙吝，

江湖到处长离忧。

皇华会有嵩呼事，

先遣双鱼报早秋。

〔**出处**〕《东江家藏集》（卷十）

〔**作者简介**〕顾清，生年不详，约卒于明世宗嘉靖六年（1527）后不久。弘治五年（1492）乡试第一。六年（1493），中进士，改庶吉士，授编修，晋侍读。正德初年，外任南京兵部员外郎，未赴任。后，提升为侍读掌院事，不久任少詹事、经筵日讲官、礼部右侍郎。著有《东江家藏集》。

杨青驿诗

(明)卢云龙

漂泊风尘怅远游，

杨青亭下暂维舟。

故乡门巷经梅雨，

客路山川到麦秋。

潦倒诗篇时自适，

飘零杯酒暮堪愁。

几宵尚忆长安道，

北斗遥瞻接凤楼。

〔**出处**〕《北河纪余》(卷四)

〔**作者简介**〕卢龙云(生卒年不详)，字少从，南海(今佛山)人。明万历十一年(1583)进士。历任马平、邯郸、长乐知县，南京大理寺副，户部员外郎，贵州参议。在马平时裁剪浮冗田赋，免二千余石。长乐任内，治理洪涝，开通陈唐港通海水沟。任贵州参议时，苗众攻城杀官，龙云一面调查向上汇报，一面恩威并施，终使苗众慑服。尽瘁成疾。临终受到皇帝白金文绮赏赐。

《南海县志》说他"性蕴藉，言不妄发，和乐坦易，无有边幅。虽遭迁挫，无几微见颜色。事亲以孝闻。嗜学至老不倦。著有《四留堂稿》三十卷、《尚论全编》百卷、《易经补义》《读诗类要》诸书行于世"。

杨青驿

(清)汪 沆

驿路垂杨色乍匀，

丝丝如织拂河漘。

曾来只欠蘼芜绿，

五字空吟潘舍人。

> 杨青驿旧属武清，旋归静海，今隶天津。《长安客话》："杨柳青地近丁字沽，四面多植杨柳，故名。"潘舍人季纬诗："客路蘼芜绿，人家杨柳青。"

〔**出处**〕《津门杂事诗》

〔**作者简介**〕汪沆(1704—1784)，字师李，一字西颢，号槐堂，又号艮园，浙江仁和人。清代学者、藏书家。少从厉鹗学诗，诗与杭世骏齐名。乾隆十二年(1747)试博学鸿词，未能录取。曾客居天津查氏水西庄。曾纂修有《浙江通志》《西湖志》等书。著有《津门杂事诗》《槐堂诗文集》等。

《天津府志》编者吴廷华称《津门杂事诗》是汪沆在天津"游览三年所至，考订博而核大小，并识而寓之于诗。此实新邑文献之权舆，非徒为北海风雅树大帜而已"。

时任直隶天津道的陈弘谋称："汪君惊才绩学，遇合犹迟。观其诗，既不浮靡以悦俗，亦无愤懑以拂性，和平蕴藉，酷似其人。讽讽乎，正始之音也。"他还肯定了《津门杂事诗》的文史价值，称："即以补郡邑两志之所未备焉，可也。"

杨青驿马上口占

(清)查 礼

闲云暧暧野苍茫，
路入烟村客思狂。
万顷桃花千树柳，
一鞭收拾在诗囊。

〔**出处**〕《铜鼓书堂遗稿》(卷一)
〔**作者简介**〕前文《城南冰泛歌》诗后有介绍,不赘。

杨青驿

(清)彭云鸿

短棹轻帆日未停，

杨青驿下水泠泠。

天涯何地无离别，

留得几株杨柳青。

〔**出处**〕曾燠《江西诗征》卷七十八

〔**作者简介**〕彭云鸿(生卒年不详)，字夷鹄，号仪庵，宁都人。清乾隆十五年(1750)优贡，选义宁训导，未任而卒。年三十九岁。

幼家贫，其学皆母口授。工于诗。著有《情话编》《呱呱吟》《远游草》《缺壶吟》等。

杨柳青民居精美的石雕排水沟眼（冯立拍摄）

过杨青驿

（清）钱维乔

不觉秋行晚，
推篷野色移。
掠波双燕喜，
噪柳一蝉悲。
高卧虚縻日，
将归正感时。

迢迢千里思，

应有水云知。

〔**出处**〕《竹初诗钞》卷五

〔**作者简介**〕钱维乔（1739—1806），清代文学家、戏曲家、画家。字树参，季木，小字阿逾，号曙川，又号竹初、半园、半竺道人、半园逸叟、林栖居士等。江苏武进人。状元钱维城之弟。乾隆二十七年（1762）举人。

杨青驿

（清）法式善

水南烟自飞，
水北雪仍在。
我来杨青驿，
寒条倚磊嵬。
渔翁堤上归，
煮酒沙月待。
去年秋水涨，
鱼价增一倍。
日卧蒹葭霜，
坐令老夫怠。
今岁春较迟，
山客冻未改。
竹竿长把手，
卧石吾何悔？

〔**出处**〕《存素堂诗初集录存》卷五

〔**作者简介**〕法式善（1752—1813），原名运昌，字开文，号时帆，又号梧门。后乾隆帝盛赞其才，赐名"法式善"，满语为"奋勉有为"之意。蒙古族乌尔济氏，其祖"从龙入关"，隶属内务府正黄旗。法式善幼时聪颖，七岁能对，八岁可辨四声。乾隆四十五年(1780)进士，改庶吉士，授检讨，历官司业、左庶子、侍读学士，左迁工部员外郎。升祭酒，以事免官，后起官至侍讲学士，又贬秩为庶子。善诗文，喜奖掖后进。著有《存素堂诗初集录存》《存素堂文集》《梧门诗话》《陶庐杂录》等。曾参与编纂武英殿分校《四库全书》，是我国蒙古族中唯一参加编纂《四库全书》者。

法式善所作诗文曾风靡一时，"诗文三馆士皆竞录之，以为楷式"，俨然京城诗坛领袖。著名诗人袁枚称其"天先与之诗骨而后生者也，故其耽诗若性命然……不以三公易其一句。其深造也，能以万象入端倪"。

杨柳青道上

(清)查 彬

烟水迷离处，

驱车纵目遥。

日斜杨柳驿，

帆落直沽潮。

蟹舍纷前浦，

鱼帘匝断桥。

行行频唤渡，

相对尽渔樵。

〔**出处**〕《小息舫诗草》(卷二)

〔**作者简介**〕前文《晚行杨柳青道中》诗有介绍，不赘。

杨柳青民居外景（冯立拍摄）

秋日之杨青驿宿梅岑村舍

（清）乔耿甫

到此惬幽旷，

淹留竟不行。

溪村名士宅，

鸡犬故人情。

帆影过窗暗，

秋光入座清。

直西杨柳驿，

青霭但纵横。

〔**出处**〕《津门征献诗》（卷七）

〔**作者简介**〕乔耿甫（生卒年不详），清乾隆、嘉庆时人，原名树生，因获汉印"耿甫"而更名，字默公，号五桥。清代书画家、诗人，诸生。著有《侨樵稿》。

杨青驿

(清)蒋　诗

曾在杨青驿里行，
树愔愔底望当城。
枯枝我亦无心折，
满目苍凉羁客情。

《天津卫志》：杨青驿，今隶天津。《方舆纪要》：杨青驿，嘉靖十九年改置于天津卫。当城在杨柳青北，即宋之当城砦。谢迁《杨柳青》诗：人道垂杨管离别，北往南来竞攀折。我来袖手怜枯枝，踯躅临河驻旌节。

〔**出处**〕《榆西仙馆初稿》(卷二十六《沽河杂咏》)

〔**作者简介**〕蒋诗(1768—1829)，字泉伯，号秋吟，浙江仁和人。清嘉庆十年(1805)进士，改庶吉士，授翰林院编修，迁御史。与纪晓岚三子纪汝似交好。

曾参与编修《高宗实录》。任南城御史时，日结积案数十起。罢官后专事著述。著有《榆西仙馆初稿》《秋吟诗钞》等。

《晚晴簃诗汇》称其“诗质实不尚藻采，盖其余事也”。

纪晓岚称蒋诗的《沽河杂咏》：“仍摭拾旧文以注之。其考核精到，足补地志之遗；其俯仰淋漓，芒情四溢，有刘郎《竹枝》之遗韵焉。余不至斯土五十余年矣！读之宛如坐渔庄蟹舍之间，与白头故老指点而话旧也。”“为艺林佳话无疑也。”

韩家疙瘩胡同11号民居(冯立拍摄)

旧杨青驿

今移天津

(清)陈　仅

破驿萧条屋半欹，
昔人会此话归岐。
东皇似惜青青柳，
不遣寻当管别离。

〔**出处**〕《继雅堂诗集》卷九

〔**作者简介**〕陈仅（1787—1868），字采臣，一字馀山，又作渔珊。浙江鄞县人。嘉庆十八年（1813）举人，道光十五年（1835）任紫阳县知县。十九年（1839）调安康县，去任时，士民赴省城呈请其留任不得，立碑以志其德政。

同时代的著名学者、经学家蒋湘南称陈仅的诗"慷当以慨之中者有温柔敦厚之意，其与老杜所云有神者"。

杨
柳
寄
情

杨柳青子牙河风光（日本"华北交通写真"公布，冯立彩化）

杨柳青后大道街景(冯立拍摄)

北河地名杨柳青于此送客

(明)张元凯

两岸蝉声客梦醒,
片帆初落暮云停。
故人无奈年年别,
江北江南杨柳青。

〔**出处**〕《伐檀斋集》（卷十二）

〔**作者简介**〕张元凯（生卒年不详），字左虞，吴县（今属江苏苏州）人。明世宗嘉靖年间在世。少受毛氏诗，折节读书。以世职为苏州卫指挥，再督漕北上，有功不得叙，自免归。著有《伐檀斋集》十二卷，王世贞为之序。

其人本为武将，不善言词，但喜欢喝酒，"鲸吸牛饮，飞不及停"，对于不合意的人则"白眼骂坐"。其友王世贞感叹：这样的人按说不会写诗，而他竟可以写出很好的诗作，可以比之以诗惊人的武将沈庆之、曹景宗，"士固不可皮相也，吾居恒怪"。

《钦定四库全书·〈伐檀斋集〉提要》给张元凯这样的评价："其诗大抵推陈出新，不袭窠臼，而风骨遒上，伉壮自喜，每渊渊有金石声，所作西苑宫词，《静志居诗话》谓其高出世贞之上。他如北游诸律，亦多不失矩矱，盖其才华本富，又脱屣名利，胸次旷夷，故当琅琊历下之派盛行，而能不囿于风气，宜世贞之心折不置矣。"

杨柳青

（明）谢肇淛

万木落冥冥，
虚传杨柳青。
片帆风雪路，
残角夕阳亭。
卒岁人无策，
祈年鬼不灵。
愧他双白鸟，
天地任飘零。

〔**出处**〕《小草斋集》卷十五

〔**作者简介**〕谢肇淛（1567—1624），字在杭，福建福州长乐人，出生于钱塘，号武林、小草斋主人，晚号山水劳人，明代博物学家、诗人。明万历二十年（1592）进士，历任湖州、东昌推官，南京刑部主事、兵部郎中、工部屯田司员外郎，曾上疏指责宦官遇旱仍大肆搜刮民财，受到神宗嘉奖。天启元年（1621）任广西按察使，官至广西右布政使。

著作有《五杂俎》《太姥山志》《北河纪略》《北河纪余》《小草斋诗话》《小草斋集》等。

有"晚明文坛盟主"之称的李维桢称谢肇淛"其诗率循古法而中有特造孤诣，体无所不备，变无所不尽"。

刘家胡同9号院的"拐弯抹角"（冯立拍摄）

泊杨柳青夜立广野中

（明末清初）许承钦

沙村析响肃严更，
上将星昏野将明。
无数光芒临水动，
有时阴火送潮生。

枯杨暗啸黎丘鬼，

短剑谁销濩泽兵？

搔首踟蹰怀往昔，

何人投帻坏长城？

〔**出处**〕卓尔堪辑《明遗民诗》（卷十一）

〔**作者简介**〕许承钦（1605—？），字钦哉，号漱雪，汉阳人。明崇祯丁丑（1637）进士。知溧阳县，后迁户部主事。明亡后隐居泰州。著有《漱雪集》。

马家胡同民居内景(冯立拍摄)

杨柳青解维杂题兼寄彭访濂①

(清)陈廷敬

一

秋日杨柳黄，

春日杨柳青。

千条与万条，

长亭复短亭。

---

①彭访濂，本名彭定求，字勤止，号访濂，道号守纲道人，长洲人。康熙十五年(1676)状元。授翰林院修撰，历官侍讲，因父丧乞假归，遂不复出。幼承家学，曾皈依清初苏州著名道士施道渊，为其弟子，又曾师事汤斌，仰慕王守仁等。著有《阳明释毁录》《儒门法语》《南畇文集》等。其孙彭启丰亦为状元，一门二状元是中国科举历史上的一段佳话。

二

河上江雁来，

飞飞塞北去。

江南有故人，

来时在何处。

三

驿使经年到，

梅花寄陇头。

一枝东阁晚，

应是在扬州。

四

离京三百里，

为客九回肠。

平野天疑尽，

官河路转长。

五

思君比流水，

到海有终极。

与君相见时，

别后思不息。

六

暝色赴孤舟，

烟中夕鸟投。

水行无定准,

几日到吴洲。

〔**出处**〕《午亭文编》(卷二十)

〔**作者简介**〕前文《次杨柳青船上作二首》诗后有介绍,不赘。

高山流水

杨柳青舟次，阴雨连朝。遥望西北，烟峦杳霭，风景不减中吴也。填此寄莲坡先生。[①]

（清）王　昶

水窗连日掩帘栊。喜朝霞，一缕微红。烟霭涨寒潮，隔溪犹系鱼篷。绿遍了，垂柳蒙蒙。城围转，遥望城楼如画，酒旆迎风。似半塘桥外，浅碧亘眉峰。

重重松篁翠深处，应添得，石濑云淙。胜地几时游，空忆高士芳踪。莲坡先生兄弟时时往游香山，退谷今不在家。锁名园，欲去谁从。趁薄霁，且唤篙师解缆，放棹从容。待他时话，取此景，记诗筒。

〔出处〕《春融堂集》（卷二十六，《琴画楼词》二）

〔作者简介〕王昶（1724—1806），字德甫，又字琴德，号兰泉，晚号述庵，江苏青浦人。清乾隆十九年（1754）进士，累次充任试官，进至礼部江西司郎中，后坐案革职，随云贵总督阿桂入川，平定大小金川。前后在军营九年，所有奏檄，均由王昶起草。因有功任吏部员外郎，累官刑部右侍郎。早年有诗名，与王鸣盛、吴泰来、钱大昕、赵文哲、曹仁虎、黄文莲等合称"吴中七子"。有《琴画楼词》传世，并编辑有《琴画楼词钞》《明词综》《国朝词综》等。

① 莲坡先生兄弟，指水西庄查氏兄弟。清雍乾年间以查氏园林别墅水西庄为中心形成文化圈子。其核心是水西庄查为仁、查为义、查礼三兄弟。查为仁号莲坡居士，所以王昶称他们为莲坡兄弟。

　　《清史稿》说王昶"工诗古文辞,通经。读朱子书,兼及薛瑄、王守仁诸家之学。搜采金石,平选诗文词,著述传于世"。

台城路·寄友天津

（清）王　昶

杨青驿外垂杨树，阴阴曾系画舫。酒市灯明，官桥月映，最忆风帘低飏。红栏绿浪。便听漏东华，梦魂难忘。应有才人，自研松墨写惆怅。

江湖何限客思，况莲坡别墅，林泉堪赏。杏蕊将残，芦芽渐起，恰值西沽新涨。登楼吟望。须慰我相思，频贻鱼网。好唤心奴，炙笙传逸唱。

〔**出处**〕《春融堂集》（卷二十七，《琴画楼词》三）
〔**作者简介**〕前文《高山流水》词后已有介绍，不赘。

舟次杨柳青感怀有作寄呈津郡幕友

（清）宁 锜

杨柳青青驿，

孤舟暮水滨。

月明共千里，

云渺隔三津。

把袂思公子，

如兰梦所亲。

警宵来击柝，

解缆有司晨。

风浪安清境，

声威仰借人。

剑光冲斗紫，

帆影挂秋新。

贤主能容意，

诸君泛爱仁。

葭苍兼露白，

脉脉欲沾巾。

〔出处〕《匪莪诗草》

〔作者简介〕宁锜（1736—？），字湘维，浙江绍兴府会稽县人。生

活于清乾隆、嘉庆年间。乾隆十三年(1748),应童子试。乾隆二十四年(1759),"以古学见知于学宪窦东皋师,取入郡庠"。乾隆三十五年(1770),"逢恩科列乡荐"。乾隆四十六年(1781)选为知县,分发四川,奉委署峨眉县篆。乾隆四十九年(1784)署永川县篆。乾隆五十一年(1786),丁父忧。乾隆五十三年(1788)起服,奉母来川。乾隆五十四年(1789)夏,补什邡县令。嘉庆三年(1798)任黔阳开州知州。自幼工诗,著有《伊蒿诗草》《伊蒿文集》等。

乡贤遗篇

天津乡贤祠内景（冯立拍摄）

思 归

（清）张 愚

投老惟耽物外情，

青山原有旧时盟。

才疏谋国无长策，

学薄持身耻近名。

贫剩蠹余书百卷，

家遥蝶梦月三更。

水云何日梅花外，

结个茅庵了一生。

〔**出处**〕《津门诗钞》（卷一）

〔**作者简介**〕张愚（1500—1552），字若斋，明嘉靖壬辰科殿试二甲第四十六名进士，是明代戍边名将，生前曾任延绥镇（明代九个边防重镇之一）巡抚之职。庚戌之变中曾有北京救驾之功。因明时巡抚多挂御史中丞衔，故而称其为张大中丞，著有《蕴古书屋诗文集》《浙西海防稿》。去世后，入祀天津（府、县）乡贤祠。

《卫志》记载："愚由户部主事，历升右都宪。赋性刚直，莅政明敏。巡抚延绥，严饬戎务，边境乂安。钦赐蟒玉。以劳瘵卒于官。赐谕祭，荫一子。"其家在天津老城有懋功祠，后人定居杨柳青。其宅为杨柳青最早的大宅门之一，据说其家出过会元，故被百姓误传为状元府。

张愚去世后葬于杨柳青镇东南。墓修建于明嘉靖三十一年（1552），崇祯四年（1631）重修。因墓地原有高大封土堆、牌坊、享堂、石五供、燎炉、石羊、石马、翁仲等，其后人被称为"石马张家"。

张愚墓前有徐光启撰文的《重修张大中丞公墓碑记》。据碑文载：张愚镇守延绥时，军中感愤乐战，有投石超距之气，皆愿得一当虏，而公特严防御，以伺叵测，不欲邀功。所修筑城堡，墩台四千六百所，特有备以无患，每遇虏入寇，出拒战，斩首辄百许级，所获器械、名马以数千计，时套贼入犯辄不利，乃相戒曰："张太师在，我何以自贻伊感。"于是，督府及部使者上功格，赐宝钞、飞鱼锦嘉劳之。未及满秩而卒。奇谋秘画，多不传于世。

失　题

(明)汪　来

一

忆昔曾为北地守，
边陲日日事干戈。
黄羊岭暮草花尽，
白马川寒烽燧多。
月满关山悲戍笛，
秋深瀚海听朝歌。
只今病卧遥相忆，
万里苍茫起夕波。

二

直沽日月坐烟霏，
篱槿门蓬生事微。
万里江帆秋水阔，
一声渔笛夕阳归。
入云孤鹤上还下，
出浪双凫鸣且飞。
最是野人多逸兴，
西风吹破芰荷衣。

〔**出处**〕《畿辅明诗存》

〔**作者简介**〕汪来(生卒年不详),字君复,又字伯阳,号北津,明嘉靖二十年(1541)辛丑科进士。历任刑部山西司主事,出为陕西庆阳府知府,升任山西兵备副使。集有关庆阳的事迹诗文为《北地纪》四卷。《北地纪》入《四库全书提要》,但仅存目,书已失传。汪来去世后,入祀天津(府、县)乡贤祠,密云名宦祠。

汪来先祖为唐越国公汪华,至今南方广大地区仍有祭祀活动。明初汪华后人汪名仲因戍边落户天津城西汪庄子(今西青区中北镇汪庄子)。

汪来为官严毅,不避权贵,地方豪姓闻风敛迹。辞官归家后,"不妄通简牍。冠盖到门,键户不纳。日以诗文自娱"。

抵巩县寄里门亲友

（明）边维新

分袂南来感岁华，

风尘极目阻天涯。

故人寥落琴为友，

宦况萧条梦是家。

别绪漫随春草乱，

离怀时傍暮云斜。

鳞鸿两地传相忆，

何日门迎长者车？

〔**出处**〕《津门诗钞》（卷二十一）

〔**作者简介**〕边维新（1574—1629），字铉鉴，静海（《南河镇志》称今西青区精武镇大南河村）人。明万历二十八年（1600）举人，授巩县知县，升邠州知州。因病告归，不肯依附权贵，告诫子孙："余欲使汝辈为清白吏子孙，冰山安可恃乎？"入祀巩县乡贤祠。

《静海县志》称其"公性耿介，有节操。知巩县，廷无冤狱，野无追呼，巩人戴之"。

杨柳青董家大院内景(冯立拍摄)

游华藏庵

(明末清初)董积厚

为厌烦嚣寻古寺，
特于老衲觅知音。
云封户外花封径，
月在天中禅在心。

宝篆风微烟缕细，

残碑雨洗断文深。

闲愁消落无多少，

夜半钟声到远林。

〔出处〕《静海县志》

〔作者简介〕董积厚（1608—1677），字见省，杨柳青董氏族人，生活在明末清初。明崇祯十五年（1642）、清顺治十四年（1657）分别中副榜。顺治十一年（1654）任州判改河南阳武县丞。因为官勤慎清廉，当地士绅给他送匾：赞符河阳，清标博浪。当地潭口寺因河水决堤被冲坏，他奉命修缮，工作积极，被当地人称为"董佛"。董积厚，自幼嗜古勤学，尤善作诗。康熙版《静海县志》收有他的两首诗。

杨柳青董家大院内景(冯立拍摄)

春　阴

(明末清初)董积厚

阴云四望正漫漫，
春日犹留去岁寒。
疏柳乍疑千树合，
高峰只得半山看。

时逢薄暮心偏壮，

酒尽长川兴未残。

愿倩东风吹雾散，

邀同月影焕江干。

〔**出处**〕《静海县志》

〔**作者简介**〕前文《游华藏庵》诗后有介绍，不赘。

雪夜遣怀

（清）牛天宿

善世奇方只闭门，

无边心事向谁论？

逢人竞厌须眉古，

到处虚推行辈尊。

送腊可无瓶内酒，

迎年自有栅中豚。

老夫卒岁惟需此，

别样经营任子孙。

〔出处〕《津门诗钞》（卷二十一）

〔作者简介〕牛天宿（1664—1736），字戴薇，号青延。静海（《西青区志》称今西青区精武镇牛坨子村）人。清康熙二十六年（1687）举人，四十二年（1703）进士。广西柳州府融县知县，吏部主事，河南同知。著有《谦受堂诗草》。

同治版《静海县志》称其"读书过目不忘，年十二下笔有奇气"，"所作诗、古文、词、杂作，积而成卷，具精卓可传"。

恭赋御制岸柳溪声月照阶

（清）牛思任

帘钩初卷御屏香，

水殿偏宜纳晚凉。

树影千层含雨露，

泉声十里奏笙簧。

华檐高并银蟾冷，

素魄斜生玉陛光。

遥忆宸襟欣对景，

挥毫酬月五云章。

〔**出处**〕《津门诗钞》（卷二十一）

〔**作者简介**〕牛思任（1692—1782），字巨膺，号伊仲。牛天宿之子。康熙五十三年（1714）举人，同年联捷进士。历官江西南城县、河南尉氏县知县。

同治版《静海县志》称其"性敏达，喜读书"。在南城任知县时，"视事明察，公务旁午，理之裕如，曾检旧卷，脱一人于大辟。邑中巨奸敛迹，士民感颂"。在尉氏县任知县时，"下车既兴工挑筑水利，瘠田饶沃，一邑赖之""性廉静，俸外毫无所取，邑人馈遗皆不受。告归后，两袖清风，依然寒素焉"。

昭通道中

（清）牛思凝

三年踏遍夜郎溪，

又向滇南听晓鸡。

秋水乍漂红叶冷，

寒山自绕白云低。

人逢旷野初开眼，

马到平沙欲放蹄。

万里飘蓬燕市客，

故乡风景动栖迷。

过威宁，已交云南界，平沙衰草，大类北省。

〔出处〕《津门诗钞》（卷二十一）

〔作者简介〕牛思凝（1702—1755），字方岩，牛天宿之子。清乾隆元年（1736）举人，乾隆十年（1745）进士。先后任山东肥城、诸城知县，贵州正安州、普安州知州，黎平府同知，太定府知府。著有《谦受堂诗草》。因病卒于故乡。

民间传说他在诸城任上曾得罪权臣刘墉，被明升暗降。有根据此传说创作的新编戏剧《三升官》。

同治版《静海县志》称其"文名重一时"，"时以大才未展惜之"。

白衣庙前的旗杆须弥座（冯立拍摄）

酬赠慈珍上人

（清）眼　觉

彼来非妄动，

为道访名师。

性地果无垢，

心花开有时。

断常见俱泯，

动静总相宜。

惜我荒文业，

难酬君赋诗。

西青大运河诗钞

XIQING DA YUNHE SHICHAO

〔**出处**〕《津门诗钞》（卷三十）

〔**作者简介**〕眼觉，生卒年不详，字大空，俗姓杨，青县人。住锡杨柳青白衣庵，与梅成栋交好。

《津门诗钞》按语说：大空髫年落发。性明慧，日读百行，通儒书，遍阅梵典，学为吟咏。自以文翰为僧家余事，不肯炫饰。日参禅理，贫无妄求，人钦重之。

杨柳青白衣庙旁之大王庙外景旧影(取自《天津县第三区杨柳青镇概况书》)

悼均实和尚化去

(清)眼 觉

曾开觉苑种奇花，

贤首门中老作家。

狮子腾身无定迹，

从今谁是指南车。

〔**出处**〕《津门诗钞》(卷三十)

〔**作者简介**〕前文《酬赠慈珍上人》诗后有介绍，不赘。

避兵木厂庄①

（清）杨光仪

行年未四十，

两作乱离人。

留去无全策，

艰难集此身。

暂逃今日劫，

更受异乡贫。

落拓干戈际，

空余满面尘。

〔出处〕《碧琅玕馆诗钞》（卷一）

〔作者简介〕杨光仪（1822—1900），字香吟、杏农、庸叟。据《上辛口乡志》记载："杨光仪祖籍浙江金华府义乌县减村，其先祖杨发时于清康熙年间率子北迁，留籍直隶天津府静海县木厂庄（今西青区上辛口镇木厂村）。太祖杨世安于清乾隆初年办理长芦盐务，颇得皇帝垂青。从此之后，杨氏后裔散居于木厂、天津、北京等地。杨氏家谱现存于木厂村杨门后裔，诗人病殁葬于木厂村杨氏祖茔。"

杨光仪为清咸丰二年（1852）举人，光绪九年（1883）授河间府东光县教谕（未赴任），后会试不第，遂绝意仕途。曾为拣选知县，敕授

---

①木厂庄，即今天津市西青区辛口镇木厂村。

文林郎,以子署衔候选训导加二级,诰封奉政大夫。

　　著有《碧琅玕馆诗钞》《碧琅玕馆诗续钞》《碧琅玕馆文钞》《髦学斋啐语》《消寒集》《晚晴轩诗钞》《留有余斋诗钞》等。

木厂庄扫墓

（清）杨光仪

驱车木厂庄，

下车日向午。

整衣入墓门，

欲拜泪如雨。

老大无一成，

赧颜对宗祖。

吾父昔见背，

吾乃隔乡土。

哀哀人子心，

到此空悲楚。

祭罢对群季，

哽咽不能语。

泉台咫尺间，

子职缺难补。

仰视苍天高，

斜阳迷别浦。

〔**出处**〕《碧琅玕馆诗钞》（卷二）

〔**作者简介**〕前文《避兵木厂庄》诗后有介绍，不赘。

沽上棹歌

（清）杨光仪

一

桃花水暖长鱼苗，

晓市浮梁宿雾消。

大沽打桨小沽卖，

叶叶蒲帆趁晚潮。

二

莲花泊①里驾轻舟，

莲花卸瓣天欲秋。

挂帆估客胜芳去，

笑指汀芦初白头。

胜芳多以织芦席为业，津人时往贩之。

〔**出处**〕《碧琅玕馆诗钞》（卷四）

〔**作者简介**〕前文《避兵木厂庄》诗后有介绍，不赘。

---

①莲花泊，即莲花淀，跨西青、静海两区地域，处在独流减河西段两侧，是子牙河与南运河之间的堤外洼地。旧称北淀，因淀内广植莲藕，故又名莲花淀，面积近39平方千米。

木厂庄夜归

（清）杨光仪

回首长堤落日圆，
一鞭归去暗前川。
惊狐仄岸冲人过，
栖鸟荒林抱叶眠。
大野星光垂到地，
远村灯火闪连天。
无端涌出沧溟月，
咫尺蓬壶思渺然。

〔出处〕《碧琅玕馆诗钞》（卷二）
〔作者简介〕《避兵木厂庄》诗后有介绍，不赘。

刘学谦照片（摘自《刘廷中艺事丛胜·履迹》）

赋得报雨早霞生得生字五言八韵

（清末民初）刘学谦

早识为霖兆，

遥空象已呈。

预将新雨报，

莫混晚霞生。

色变山云赣，

辉余海日晴。

光阴抛鹜影，

消息促鸠声。

意欲窥苍昊，

标先建赤城。

半天开画本，

一样助诗情。

彩映雌虹界，

尘清客骑程。

依旬从可卜，

佳气霭蓬瀛。

本房加批：细意熨贴工雅绝伦。

〔**出处**〕《钦命四书诗题》（刘学谦）

〔**作者简介**〕刘学谦（1886—1916），杨柳青人，就学于杨柳青乡绅创办的崇文书院。光绪八年（1882），乡试中举；光绪十二年（1886）丙戌科殿试，为二甲第六十名，赐进士出身，改庶吉士。其同科进士有徐世昌（二甲第五十五名，后任民国大总统）等人。光绪十五年（1889），任翰林院编修、国史馆协修。光绪二十年（1894），任山西道监察御史。光绪二十五年（1899），任掌云南道监察御史。光绪二十七年（1901），任礼科给事中，管理五城街道。光绪三十年（1904），任工科掌印给事中。光绪三十二年（1906），任四川永宁道，赴任途中丁忧，回家守制。宣统元年（1909），授浙江金衢严道，次年至上海，还未到任辛亥革命起。民国时曾任禁烟局局长。

刘学谦晚年身体不好，1916年病逝。其家南临猪市大街，北面有一后门。因为刘学谦做翰林的原因，其家后门所在的胡同被称为翰

林院后门。

　　刘学谦为官时曾上书建议设立半日学堂,以使贫寒子弟得到教育。回乡后积极参与民间办学。

　　其子孙皆学有所成,各有建树。

赋得松风含古姿 得松字五言八韵

（清末民初）刘学谦

绘出湖边景，

临风独抚松。

奇姿含飒爽，

古色郁葱茏。

琴谱新翻曲，

针藏不露锋。

传神宜舞鹤，

作势欲盘龙。

黛影摇凉月，

清标秀远峰。

涛余空际籁，

云抱旧时容。

画意添幽壑，

流音挟暮钟。

常依温树近，

托植沐恩浓。

本房加批：思清才丰雅韵欲流。

〔出处〕《钦命四书诗题》（刘学谦）

〔作者简介〕前文《赋得报雨早霞生得生字五方八韵》诗后已有介绍，不赘。

古渡泊舟

杨柳青运河旧影（西青区档案馆提供）

大清河河口旧影（日本"华北交通写真"公布，冯立彩化）

晚泊杨柳青

(明)陈吾德

客子临高万里情，
扁舟东望即沧溟。
笛声且莫悲杨柳，
杨柳如今树树青。

〔**出处**〕《谢山存稿》(卷之九)

〔**作者简介**〕陈吾德(1528—1589),字懋修,归善人。明嘉靖四十四年(1565)进士,授行人。隆庆三年(1569)升任工科给事中。时两广多盗,当地文武官员隐瞒真实,动辄以虚假文字上报。吾德则如实上陈,列出八条适宜实行的建议,皆获批准施行。隆庆四年(1570),与户科都给事中李已上疏谏皇帝停止搜刮珍宝。皇帝震怒,杖击李已百下,下刑部狱,陈吾德贬为平民。

神宗继位,启用陈吾德在兵科供职。万历元年(1573),晋升为右给事中。张居正执掌国政,谏官论事必须先请示他,唯独陈吾德不去。因得罪张居正,被调任饶州知府。后被劾部下失盗罪,贬为马邑县典史。不久又被御史劾其任饶州知府时,违制讲学,用库金买学田,除官籍贬为平民。张居正死后,被推荐为思州推事,移宝庆同知,都以亲老没有赴任。后病逝于湖广佥事任上。著有《谢山存稿》。

与陈吾德同时的都御史李材,称其"立朝则正色,居乡则端表,洵所谓有道之君子也!"陈吾德死后奉祀江西名宦祠,广东乡贤祠,《明史》有传。

《四库全书总目提要》称:"吾德传陈献章之学,居官忤张居正,屡遭贬谪,其气节亦铮铮者,诗文则直述胸臆而已。"

泊杨柳青

（清）俞　逊

何处垂杨柳，

犹传杨柳青。

人烟连北甸，

海气识东溟。

落日寒原暮，

春流远棹停。

数声歌欸乃，

独客不堪听。

〔**出处**〕《莆风清籁集》卷三十九

〔**作者简介**〕俞逊（生卒年不详），字逊侯，号思国，莆田人，清初诗人。顺治九年（1652）进士。新安知县，曾经主持重修函谷关。

乾隆时期名士郑王臣称其诗"清婉雅洁"。

夜泊杨柳青歌

（明末清初）彭孙贻

杨柳青西暮色昏，
不知舟泊谁边村。
摇摇巷火沸夜市，
杳杳船灯移水门。
晓风残月上溪口，
不见垂杨与垂柳。
攀条应已尽行人，
飞絮何因复见春。
金穗倒拖寒食路，
绿茵低拂落花尘。
难寻细叶穿鱼好，
止认枯椿系马频。
杨柳青青未归去，
杨柳青稀秋尽处。
杨村北望几邮亭，
冷落无过杨柳青。
才见柳枝心已系，
杨柳青时不可停。

〔**出处**〕《茗斋集》之《南行集》

〔**作者简介**〕彭孙贻(1615—1673),明末清初学者。字仲谋,一字羿仁,号茗斋,浙江海盐武原镇人。崇祯十六年(1643)以贡生首拔于两浙。明亡后,彭孙贻终身不仕,杜门奉母。去世后门人私谥孝介先生。著有《茗斋集》《茗斋诗余》《茗斋杂记》《彭氏旧闻录》等。

依韵训半村见怀泊杨柳青作二首

（明末清初）彭孙贻

一

黄金谁上郭隗台？

行遍关河感七哀。

久托幽栖甘遁迹，

不烦开阁礼贤才。

多愁平子研京老，

毕顾禽生访岳回。

惭愧古人遥问讯，

马蹄秋水羡新裁。

二

幽冀从来古帝都，

少微天畔客星孤。

黑龙淫雨无衔烛，

赤水轩红尚索珠。

把臂云霄分出处，

归心鸥鹭满江湖。

萧萧绵上隐臣烬，

泪血重看沁绿芜。

〔**出处**〕《茗斋集》卷二十三

〔**作者简介**〕前文《夜泊杨柳青歌》诗有介绍,不赘。

夜泊大稍子口月始望皎如白昼
与士伟臣飏百龄儿晓孙坐玩久之喟然兴感

(清)彭孙遹

晓行小直沽，
暮宿大稍口。
秋深日易夕，
暝色在榆柳。
迟之月始上，
清光射窗牖。
微云吹汃寥，
澄碧无纤垢。
惟见数寒星，
罗罗挂鱼罶。
对此不成寐，
揽衣呼朋偶。
坐听柝声残，
荒村绝鸡狗。
孤旅多艰辛，
安从谋斗酒。
夜气怆我神，
风霜龟我手。

岁宴怀百忧，

谁能不皓首。

〔**出处**〕《松桂堂全集》第三十卷

〔**作者简介**〕彭孙遹(1631—1700)，清初诗人、词人，字骏孙，号羡门，又号金粟山人，浙江海盐武原镇人。彭孙贻(本书《夜泊杨柳青歌》诗后有介绍)从弟。

清顺治十六年(1659)进士。官内阁中书。康熙十八年(1679)召试博学鸿词，擢一等一名，授翰林院编修。历官礼部侍郎、吏部侍郎，充经筵讲官，兼翰林院掌院学士，纂修《明史》总裁。年七十，致仕归，康熙赐"松桂堂"额。

彭孙遹少年颖悟，据陈康祺《郎潜纪闻四笔》记载："相传公七八岁，即开口咏凤凰，至十五六，已斐然成帙。见《徐孝穆笔记》。尝步萧寺，二僧方制琉璃长明灯，请为赋。公诺之，僧煮茗以饷，茗未熟而赋就。见《浙江通志》。"

彭孙遹工词章与王士禛齐名，称"彭王"。著有《松桂堂全集》《南往集》，有《延露词》，附《金粟词话》，选入《倚声初集》。

《百名家词钞》选录一卷。诗工整和谐，以五、七言律为长，近于唐代的刘长卿。词工小令，多香艳之作，有"吹气如兰彭十郎"之称。著有《南往集》《延露词》。

清代诗人严绳孙称："羡门惊才绝艳，长调数十阕，固堪独步江左。"

　　清代词家邹祗谟称:"词至金粟,一字之工,能生百魅。"

　　清代文学家谭莹甚至称彭孙遹:"大科名重千秋在,开国填词第一人。"

大清河河口与子牙河合流点旧影(日本"华北交通写真"公布,冯立彩化)

析津晚泊忆旧

(清)管干珍

一帆又约雁南飞,
云水空蒙暮湿衣。
潮影欲沉知海近,
月弦将满入秋肥。
桃花红尽谁归寺,

杨柳青芜自掩扉。

遗事镇寻无故老,

雕梁如昔燕巢非。

〔**出处**〕《松崖诗钞》(卷之三十二)

〔**作者简介**〕前文《柳口七歌》诗后有介绍,不赘。

杨柳青晚泊

（清）管干珍

青青杨柳拂官河，
小泊轻航系树多。
红蓼一汀鱼结队，
白蘋双桨鸭冲波。
坐穷暮雨当窗至，
目送风帆竟海过。
芳草王程心自凛，
敢将幽意问烟萝！

〔**出处**〕《松崖诗钞》（卷之三十一）
〔**作者简介**〕前文《柳口七歌》诗后有介绍，不赘。

柳口晚次

(清)爱新觉罗·弘旿

忆昨津门柳送春，

去来柳口暂逡巡。

影怜落月留残梦，

魂断栖乌少故人。

烟草不嫌当远道，

参商相望度萧晨。

悠悠无限东流水，

逝者如斯每怆神。

〔出处〕《瑶华诗钞》(卷一)

〔作者简介〕爱新觉罗·弘旿(1743—1811)，字仲升，又字醉迂、恕斋，号瑶华道人，又号一如居士。康熙皇帝第二十四子诚恪亲王允秘第二子，乾隆堂兄弟。封奉国将军、固山贝子，满洲右翼近支第四族族长。精于绘画，此外于书法、诗歌、治印均有成就。著有《瑶华道人诗钞》十卷，光绪间刻本，又名《瑶华诗钞》。还著有《谦吉堂古印谱》。书法有《瑶华道人墨宝》。诗钞中无长篇作品，诗风秀韵有致，多记游唱和之作。自号瑶华道人，意与以诗画闻名、号紫琼道人的康熙帝三十一子爱新觉罗·胤禧齐名。

《晚晴簃诗汇》称其"诗视若不逮，然乌衣风度闲雅雍容，固亦宗潢之隽也"。

古渡泊舟

运河晚泊

（清）爱新觉罗·弘旿

烟柳绿婆娑，

扁舟泊漕河。

农歌知雨足，

麦气验时和。

沙岸留斜日，

篷窗漾绿波。

今朝双鲤到，

春色问如何。

〔**出处**〕《瑶华诗钞》（卷一）

〔**作者简介**〕《柳口晚次》已有介绍，不赘。

估衣街、河沿大街、西当铺小胡同交口处旧影(西青区档案馆提供)

杨柳青夜泊

(清)李銮宣

雁声隳地风满天，
波光荡月月印川。
柁师鼓柁忽不前，
惊起一双白鹭眠。

白鹭飞飞去何所？

荒烟冥蒙隔葭渚。

独客吟秋秋不语，

落叶打篷夜如雨。

〔出处〕《坚白石斋诗集》（卷十一，《七十二沽草堂吟草》）

〔作者简介〕李銮宣（1758—1817），字伯宣，号石农，山西静乐人。清乾隆五十五年（1790）进士，历任刑部主事、浙江温处兵备道、云南按察使、天津兵备道、直隶按察使、广东按察使署布政使事、四川布政使权四川总督事。嘉庆二十二年（1817）九月升任云南巡抚。任命未到已经去世。

李銮宣自幼受到良好的教育，立志仕途，勤勉敬业。任职天津时，兴修水利，加固堤防，杜绝了水患。在天津城南修沃田数千亩，为民造福。

李銮宣平生无所好，唯喜作诗自娱，他的学生把他的诗付梓成书，名《坚白石斋诗集》。

阳湖文派创始人恽敬说李銮宣作诗："清而不浮，坚而不刿，不求肆于意之外，不求异于群之中；反覆以发其腴，揉摩以去其滓。"

曾任翰林院编修、军机大臣、两广总督等职的蒋攸铦说李銮宣的诗："清而腴，杰而秀，不为藻采浮声，而志凝声逮，渊乎可思。"

津门杂咏

(清)李銮宣

一

吴侬画舫蜑儿船①，

簇簇危樯百丈牵。

南北运河人转粟，

东西津淀水浮天。

倾筐紫蟹双螯熟，

入馔银鱼四寸鲜。

谁为莼鲈动秋思②，

故山回首别经年。

二

雁齿虹桥俨画图，

僧衣百衲水田铺。

莲花白到辛家泺，

杨柳青_{地名}连丁字沽_{地名}。

岂有闲情寄邱壑，

剩留残梦落江湖。

---

①蜑，中国古代南方少数民族，也指蜑民的船。这里指渔船。

②莼鲈：《世说新语·识鉴》记载："张季鹰辟齐王东曹掾，在洛，见秋风起，因思吴中菰菜羹、鲈鱼脍，曰：'人生贵得适意尔，何能羁宦数千里以要名爵！'遂命驾便归。俄而齐王败，时人皆谓为见机。"后来被传为佳话。"莼鲈之思"也就成了思念故乡的代名词。

饥驱未了桑榆逼，

薄宦重教役老夫。

〔**出处**〕《坚白石斋诗集》（卷十一《七十二沽草堂吟草》）
〔**作者简介**〕前文《杨柳青夜泊》诗后有介绍，不赘。

木兰花慢·杨柳青夜泊同陈诚之

（清）宋翔凤

听绕船暗水,系缆处,正三更。是杨柳青边,者回重到,谁念飘零。津沽,已经过了,又风波细数一程程。乍可披衣徐起,那知伏枕还惊。

同行,各自怕愁生,百感忽交并。但愀然相对,无言可慰,有梦难成。群仙,也应怅望,道归鸿未必忆瑶京。一月流光黯淡,九河遗迹纵横。

〔**出处**〕《碧云盦词》（碧词二）

〔**作者简介**〕宋翔凤（1779—1860）,字虞庭,一字于庭,江苏长洲（历史上江苏的一个县,今地属苏州）人。清嘉庆五年（1800）中举人,选为泰州学正,历官湖南新宁（今资兴）、耒阳等县知县。咸丰九年（1859）以名儒重宴鹿鸣,加衔为知府。治经学,受业于舅父经学家庄述祖,弱冠后在北京就学于翰林编修张惠言。著《论语说义》等。《清史稿》称其"通训诂名物,志在西汉家法,微言大义,得庄氏之真传"。

宋翔凤兼工诗词,自称:"数年以来,困于小官,事多不偶,既不能骫骳以合流俗,又不能枯槁以就山林。不平之鸣,托之笑傲,⋯往之致,消以沉湎。"著有《洞箫词》《香草词》《碧云盦词》等。

《续修四库全书提要·柯家山馆词提要》称其词"语意婉妙,工力湛深,殊不可及,惜并为经术所掩也"。

古渡泊舟

　　《续修四库全书提要·香草词、洞箫词、碧云盦词提要》称其词"略近南宋，其间佳制固有，而可删者亦正不少，此则贪多之累矣"。

板桥胡同民居(冯立拍摄)

泊柳口

(清)谢元淮

浊酒连日醉,
难为离别心。
孤舟泊柳口,
彻夜啼水禽。

古渡泊舟

道远客思苦，
波恬湖月深。
揽衣不遑寐，
倚枕自沉吟。

〔**出处**〕《养默山房诗稿》（卷九）
〔**作者简介**〕前文《杨柳青》诗后有介绍，不赘。

七夕泊杨柳青

（清）潘德舆

一

杨柳青边夕照黄，

人家秋色入苍茫。

今宵不忍看银汉，

衮衮西风走浊漳。

二

杨柳青边愁客过，

柳枝憔悴奈秋何？

一样长条善披拂，

青青偏让御沟多。

〔出处〕《养一斋集》（卷之八）

〔作者简介〕潘德舆（1785—1839），清代诗文家、文学评论家，对《红楼梦》亦有独到见解。字彦辅，号四农，别号艮庭居士、三录居士、念重学人、念石人，江苏山阳（今淮安）人，性至孝。嘉庆五年（1800），入县学，为秀才。多年乡试未中，以在乡里教书收徒为业，从学者众，桃李满门。道光八年（1828），四十四岁的潘德舆再赴乡试，为江南解元。此后六次赴会试，都未能中。道光十五年（1835），潘德舆因"大挑一等"，分发安徽候补知县，未赴任。道光十九年（1839）潘德舆病逝。后入祀府学乡贤祠。

著有《养一斋集》。

韩家疙瘩胡同15号照壁（冯立拍摄）

晚泊杨柳青

（清）戴惠元

杨柳青青杨柳村，
柳荫鸡犬报黄昏。
行人系缆柳枝下，
指点绿荫遮到门。

〔**出处**〕戴燮元编《瑞芝山房诗钞》卷八

〔**作者简介**〕戴惠元(生卒年不详),字慕桥,号稚梅,丹徒人。清代诗人,约生活于清代中后期。监生,两浙候补盐运副使。著有《迪斋诗草》。

泊杨柳青

（清）李　钧

圆似伞轮撑一柄，

劲如箭筈插千条。

北方风气君知否？

杨柳虽青不折腰。

〔**出处**〕《转漕日记》（卷三）

〔**作者简介**〕李钧（1792—1859），字爕韶，一字梦韶，号伯衡，又号春帆。河间县人，嘉庆二十二年（1817）进士，改翰林院编修庶吉士，散馆授职编修，历充国史馆协修、纂修、总纂提调。道光九年（1829）逢旨补授河南开封府遗缺知府，旋补河南府知府，调开封府知府。道光十六年（1836）委署粮盐道事。道光十七年（1837）奉旨补授山东督粮道，调补河南粮盐道。道光十八年（1838）奉旨补授陕西按察使。道光二十年（1840），补授贵州按察使。咸丰五年（1855）授河东河道总督。咸丰九年（1859），积劳卒于官。

李钧为官亲力亲为，尽职尽责。特别是自任河道总督后，奔走河干，修守巡防，均臻妥协，乃至积劳成病。李钧还很清廉。他曾经过河间回家，感其"家中平安，惟舍宇倾颓，不堪栖止。余薄宦十年，尚无一瓦之覆，殊自愧也"。为官之余著有《梦韶诗赋钞》《使粤日记》《转漕日记》《河上奏稿》等。

晚泊杨柳青

（清）冯骥声

西风吹猎猎，

新涨潞河生。

帆叶破烟出，

橹枝摇月行。

江清鉴人影，

天阔荡秋声。

回首通州郭，

苍茫无限情。

〔出处〕《抱经阁集》

〔作者简介〕冯骥声（1841—1891），字少颜，海南琼山县梅峡人。清同治拔贡。冯骥声自幼好诗文，资质颖异，好学勤奋，很有才气。他致力于经学研究，著有《经解》《尚书古今文疏证》十六卷，在海南开办研经书院；大力搜集丘浚、海瑞著作，著有《丘文庄公年谱》一卷、《海忠介公年谱》一卷。

他还致力于诗歌创作，其著作《抱经阁集》中收其诗作七十四首。

人杰地灵

杨柳青裕德堂(西青区档案馆提供,冯立彩化)

杨柳青的高跷(西青档案馆提供,,冯立彩化)

津门杂事诗

(清)汪 沆

一

下杜莺花二月稠,

白头父老感宸游。

承恩不独黄衣贵,

亲拜天厨出凤舟。

　　天津为三辅重地,屡邀驻跸。康熙四十四年,圣祖南巡,舟次杨青驿道旁,士民咸赐"克食"。

二

边布京山握算忙,

如椽蜡炬照堂堂。

绣衣自徙当城驻，

冠盖通衢遍五纲。

《长芦盐法志》："边布之名，昉于宋雍熙间。其法募商输刍粟塞下，而官给之盐。明代循之，是曰边盐。成化六年，御史林成以深州等十三场陆路窎远，商人不支盐课，遂致盐斤堆积，请自本年为始，每盐三大引，合为四小引，共重八百斤，折阔白布一匹，议价三钱，是曰布盐。此边布之所由名也。"京山者，前明京山等十四藩府，每年各给盐若干，每引折银若干。国朝厘定课额，因其旧例数目征收，因名京山。长芦巡盐御史署向在京师宣武门外，康熙二年，御史张冲翼始移驻天津之河北。《万历盐法志》：明初分商之纲领者五：曰浙直之纲，曰宣大之纲，曰泽潞之纲，曰平阳之纲，曰蒲州之纲。《方舆纪要》：当城在杨柳青北，即宋当城砦。

三

富家村①并巨家庄，

往事无稽堕杳茫。

传信传疑多臆说，

吕彭城②迹异军粮。

《天津卫志》：富家村在城南二十五里，俗传汉孝子董永卖身葬亲处。《河间府志》：巨家庄在天津城南二十里，为巨无霸故里。《畿辅通志》：吕彭城在

---

①富家村：即今西青区精武镇傅村。《天津卫志》称该村在"城南二十五里。俗相传，汉孝子董永卖身葬亲处"。这只是民间传说，并无考据。

②吕彭城：村名，今已不存。原属津乡都（即农村地区）西路"自碾坨嘴至炒米店五十二村庄"之一。《天津卫志》称其"在城外西北十余里"。《畿辅通志》称在"县西北二十里，相传吕布、彭越皆尝屯兵于此，因名"。程凤文在《前天津府志序》称："传闻多异词，俗说不足证，考订偶谏，不免传会旧《志》之误，往往坐此。此'巨家'所以为'巨无霸'，'吕彭城'所以为'吕布、彭越'也。"吕布、彭越在此屯兵之事只是民间传说，不足为方家道。

县西北二十五里，相传吕布、彭越屯兵于此，故名。《天津卫志》：军粮城在城东南七十里，元海运为屯粮之所；一云，刘仁恭所筑。

〔**出处**〕《津门杂事诗》

〔**作者简介**〕前文《杨青驿》诗后有介绍，不赘。

傅村晚归

(清)金玉冈

衰草平铺三十里，
乱鸦飞处日黄昏。
断桥水际疑无路，
独树天边似有村。
数到雁行应写恨，
吟残驴背总销魂。
风尘扑面归来晚，
一篇青烟隐郭门。

〔**出处**〕《黄竹山房诗钞》(卷一)
〔**作者简介**〕前文《夜泊念家嘴》诗后有介绍，不赘。

初到凌家村①

（清）查昌业

到来天气近黄昏，
野老相呼未闭门。
一水萦流通远棹，
几家篱落不成村。

〔**出处**〕《林于馆诗草》（卷七）

〔**作者简介**〕查昌业（生卒年不详），字立功，号次斋，又号松亭，海宁人，以事谴谪戍济南，遇赦，家天津。其父查克绍，祖父查嗣庭。查克绍早逝。去世时结婚仅四个月。查昌业为遗腹子。由其母金氏抚养成人。查克绍病中，新婚的金氏曾割股和药。诗人金玉冈是查昌业的舅舅。

查嗣庭为查日乾族兄，查昌业是查为仁等侄辈，经常与查礼、万光泰等酬唱于水西庄。梅成栋在《吟斋存稿》中说，查昌业"以诗受知于英梦堂相国"。

《津门诗钞》称其"少负隽才，与万征君光泰、余征君懋檽，驰逐文坛，为英梦堂相国所推许。格调近渔洋而较凄咽，式微自伤故也"。

---

①凌家村，即凌家庄，今属西青区。明洪武年间燕王朱棣北上，其部将凌氏在此驻军，随军多是山东省惠民人，后择高地定居，辟地开荒，遂成村落，称"凌家庄"，俗称凌庄子。

雷庄子沈世华墓地旧址(冯立拍摄)

卜葬先人于雷庄恭纪

(清)沈　峻

地占宁顺缘诚巧，

坤穴艮向。前岁购地李姓，稍迟则他售矣。

天助温和愿竟从。

葬日天气晴暖。

敢谓牛眠逢吉壤，

且遵马鬣认崇封。

廿年遗憾今方慰，

两代同堂幸可容。

兄嫂袝葬。

记取艰难窀穸①毕，

岁当丁卯月初冬。

十月初十未时。

〔**出处**〕《欣遇斋诗集》(卷十四)

〔**作者简介**〕前文《津门棹歌呈家小月明府长春》诗后中有介绍，

不赘。

---

①窀穸,这里指埋葬。

还乡吟

（清）梅宝璐

名山坛坫任遭逢，

旧雨重联磊落胸。

镕铸光阴入诗卷，

碧琅玕灿墨华浓。

编订杨香吟《碧琅玕馆诗稿》。

〔**出处**〕《闻妙香馆诗存稿》下卷

〔**作者简介**〕前文《竹枝词》诗后有介绍，不赘。

题杨香吟濒海看云图

（清）梅宝璐

幽燕高踏万峰回，

怀抱嵚崎郁未开。

何似沧波飞雁外，

块舒双眼看蓬莱。

〔**出处**〕《闻妙香馆诗存稿》下卷

〔**作者简介**〕前文《竹枝词》诗后有介绍，不赘。

雪鬓次杨香吟原韵

（清）梅宝璐

一

生涯讵必叹羁縻，
疏冷心情不合时。
有限光阴余眷恋，
无穷世态任离奇。
升沉靡定空求卜，
黑白分争怕对棋。
且莫临风感衰鬓，
东篱犹挺傲霜枝。

二

分明是路忽相歧，
赏识何容遇项斯。
格变自今谁鉴古，
心防涉险断难夷。
莺花过眼都成幻，
风月澄怀半入诗。
一样须眉肝胆重，
须知此相本非皮。

〔**出处**〕《闻妙香馆诗存稿》下卷

〔**作者简介**〕前文《竹枝词》诗后有介绍，不赘。

杨柳青宝善胡同民居（冯立拍摄）

沽河杂咏

（清）蒋　诗

一

城西清绝是宜亭，

遗址犹留演武厅。

漫说丁沽多种柳，

月堤无复柳条青。

《长安客话》:杨柳青近丁沽,四面多植杨柳。《天津县志》:宜亭在西门外演武厅右月堤上。天津道朱士杰建亭,四周环杨柳。《沽上题襟集》,胡炅斋《过宜亭故址》诗:"清绝城西路,繁华几日春。"

二

荒郊无复吕彭城,

兵气销沉剩有名。

若不抗怀千载上,

谁知古戍有金钲。

《畿辅通志》:吕彭城在县西北二十五里,相传吕布、彭越屯兵于此,故名。徐石麟《可经堂集》诗:"静海金钲传古戍,直沽牙闻驻新军。"

三

城南二十五里近,

自汉传来孝子门。

董永葬亲人共识,

谁知地是富家村。

《天津卫志》:富家村在城南二十五里,俗传汉孝子董永卖身葬亲处。

〔**出处**〕《榆西仙馆初稿》(卷二十六《沽河杂咏》)

〔**作者简介**〕前文《杨青驿》诗后已有介绍,不赘。

杨柳青"状元府"——张愚后人宅旧影(西青区档案馆提供)

张抚军愚

(清)华鼎元

生平政绩著延绥，

应有羊公堕泪碑。

勋业文章鲜征据，

楼东难访懋功祠。

〔**出处**〕《津门征献诗》(卷三)

〔**作者简介**〕前文《杨柳青》诗后有介绍，不赘。

汪廉访①来

（清）华鼎元

越国公孙数代传，

庄前古碣洗云烟。

史才高洁汪君复，

北地修成宛委编。

〔**出处**〕《津门征献诗》（卷三）

〔**作者简介**〕前文《杨柳青》诗后有介绍，不赘。

---

①廉访，清代对按察使的尊称。元有肃政廉访使，掌监察官吏，明、清按察使亦有此职权，故用为尊称。《津门征献诗》目录中，本诗题目为《汪廉访来》，诗中小注题为《汪副使来》。收入本书时，从目录。

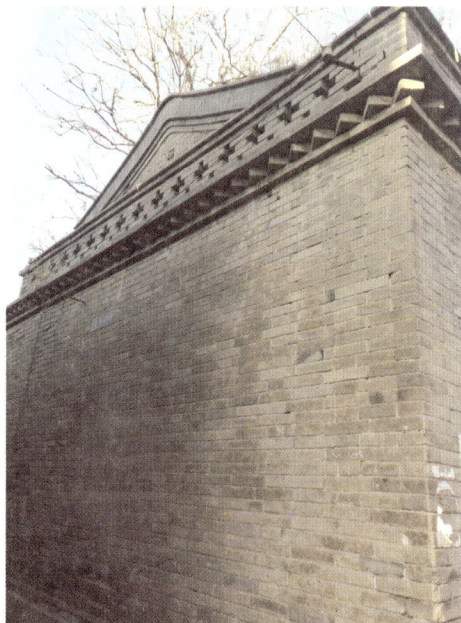

杨柳青民居外景（胜利胡同与利民大街交口，冯立拍摄）

赠杨香吟先生光仪

香吟，天津人，著有《碧琅玕馆诗集》

（清）吴昌硕

一

风雨数椽尘不到，

琅玕一片手亲锄。

先生长物钱难买，

海色天光照读书。

二

古城隅绕三津水，

问字云亭数往还。

观海此行真不负，

瀛洲以外几名山。

〔**出处**〕《缶庐诗》（卷二）

〔**作者简介**〕吴昌硕（1844—1927），初名俊，又名俊卿，字昌硕，又署仓石、苍石，多别号仓石。浙江安吉人。晚清至民国时期著名国画家、书法家、篆刻家，后海派代表，杭州西泠印社首任社长，与任伯年、蒲华、虚谷合称为清末海派四大家。他集"诗、书、画、印"为一身，融金石书画为一炉，被誉为石鼓篆书第一人、文人画最后的高峰。

1883年，吴昌硕"奉檄进京放检"，借机到天津求学于杨光仪，此后六次到天津问学于杨光仪，是杨光仪的弟子。

得天津杨香吟孝廉书却寄

（清）吴昌硕

问津黑水三千里，

看竹穷檐十万竿。

书到秋声传纸上，

酒醒名士隔云端。

至情老去还依母，

频岁饥来转谢官。

料得关河霜雪蚤，

芦帘土锉对清寒。

〔出处〕《缶庐诗》（卷二）

〔作者简介〕前文《赠杨香吟先生光仪》诗后有介绍，不赘。

杨柳青风云老会(著名武术家霍元甲、著名评书演员田连元等曾经在此学习武术,风云老会提供)

怀人诗

(清)吴昌硕

蓟北诗人不可群,

庾开府亦鲍参军。

碧琅玕馆无多地,

容得海风吹白云香吟。

〔**出处**〕《缶庐诗》(卷二)

〔**作者简介**〕前文《赠杨香吟先生光仪》诗后有介绍,不赘。

陈洪绶《痛饮读骚图》

除夕夜题老人饮酒读书图

（清）孔尚任

此老在余榻前晨昏相对且三年矣，今夕童子扫舍，欲以新画易之，余不忍也，仍留守岁，并赠以诗。康熙癸酉除夜，东塘任题。

一

白发萧骚一卷书，
年年归兴说樵渔。
驱愁无法穷难送，
又与先生度岁除。

二

炉添商陆火如霞，
供得江梅已著花。
手把深杯须烂醉，
分明守岁阿戎家。

〔出处〕陈洪绶《饮酒读书图》；孔尚任《长留集》（《七言绝句》）

〔创作背景〕《饮酒读书图》（本名《饮酒读骚图》），画上题有"老莲洪绶写于杨柳青舟中，时癸未孟秋"。孔尚任收藏有该画，在其《享金簿》中有对该画描述："陈章侯人物一轴，乌帽朱衣，坐对书卷，手持把杯，盖《饮酒读骚图》也。瓶插梅花竹叶，皆清劲。题云：'老莲洪绶写于杨柳青舟中，时癸未孟秋。'乃避乱南下时作也。言之慨然。"该画上有孔尚任四处题跋,其中一处为:"白发萧骚一卷书,年年归兴说樵渔。驱愁无法穷难送,又与先生度岁除。炉添商陆火如霞,供得江梅已著花。手把深杯须烂醉,分明守岁阿戎家。此老在余榻前晨昏相对且三年矣,今夕童子扫舍,欲以新画易之,余不忍也,仍留守岁,并赠以诗。康熙癸酉除夜,东塘任题。"孔尚任在《长留集》(《七言绝句》)中只记载了其中第一首,而题下小注为"图为老莲画,悬榻前三年矣。童子扫舍欲易之。予不忍也,仍留守岁。"

〔作者简介〕孔尚任(1648—1718),字聘之,又字季重,号东塘,别号岸堂,自称云亭山人。山东曲阜人,孔子六十四代孙,清初诗人、戏曲作家。世人将他与《长生殿》作者洪昇并论,称"南洪北孔"。

康熙十三年(1674)年,康熙帝南巡北归,特至曲阜祭孔,三十七岁的孔尚任在御前讲经,颇得康熙的赏识,破格授为国子监博士,赴京就任。在官场中,不得志的孔尚任时而讴歌新朝,时而怀念故国;时而攀附新贵,时而与遗民故老神交。特别是在淮扬做官时与南明遗老的接触,促使他创作了反映南明覆亡的传奇剧本《桃花扇》。

孔尚任不只创作了著名的《桃花扇》,还有诗文集《湖海集》《岸堂文集》《长留集》等存世。

明遗民诗人黄云称其"以诗鸣山左。盖尼山庭训首重学诗"。

杨柳青镇运河岸边的诗廊刻有孔尚任的《舟泊天津》诗:"津门极望气蒙蒙,泛地浮天海势东。昏到晓时星有数,水连山外国无穷。柳当驿馆门前翠,花在鱼盐队里红。却教楼台停鼓吹,迎潮落下半帆风。"该诗出自《长留集》。

陈章侯痛饮读骚图二首

孔东塘旧藏者,东塘题数段于轴。

(清)翁方纲

一

世说高华推孝伯,

写生赖古属周郎。

忽雷海雨江风思,

底事相关孔岸堂。

二

扣角商歌碎唾壶,

湘江涛卷百千觚。

山阴试共萧家笔,

对写天皇古画图。

〔**出处**〕《复初斋诗集》(卷四十四)

〔**作者简介**〕翁方纲(1733—1818),字正三,号覃溪,直隶大兴人。清代著名的文学家、金石学家和书法家。乾隆十七年(1752)进士,授编修。历督广东、江西、山东三省学政,官至内阁学士。曾任《四库全书》编纂官。著有《复初斋文集》《复初斋诗集》《两汉金石记》等。

《清史稿》称其"精研经术""论者谓能以学为诗"。

陈章侯饮酒读骚图为未谷题二首

（清）桂　馥

一

莲也每画人，

瘦削如枯禅。

或疑自貌软，

今审知不然。

昨见所画扇，

一人卧石间。

二女侍于旁，

高歌和清弹。

今此读骚者，

貌即其人焉。

丰颐目曼视，

意与万古言。

读骚亦借境，

饮酒亦设论。

有能观莲者，

试与穷其原。

二

饮酒是何境，

大抵纯乎天。

恍莽虚无中，

必有所寄焉。

宜读庄周书，

何关楚骚篇。

昔闻放翁诗，

每感韩子言。

以骚并庄称，

千古具眼诠。

往记畔牢愁，

得之盖未全。

酒人与骚人，

且勿藉口传。

所以师林轴，

老苔晤老莲。

绢末云师子林收藏。老苔，未谷别号也。昔陆放翁谓《庄》《骚》并称始于昌黎，可谓具眼。

〔出处〕《复初斋诗集》（卷四十九）

〔作者简介〕桂馥（1736—1805），字未谷，一字东卉，号雩门，别号萧然山外史，晚称老苔。山东曲阜人。乾隆五十五年（1790）进士，官云南永平县知县。书法家、文字训诂学家，精于考证碑版，以分隶篆刻擅名。著有《说文解字义证》《缪篆分韵》《晚学集》等。

出生在杨柳青的清末名伶杨翠喜旧影(西青区档案馆提供,冯立彩化)

菩萨蛮·忆杨翠喜

(清末到民国)李叔同

一

燕支山上花如雪,燕支山下人如月;额发翠云铺,眉湾淡欲无。
夕阳微雨后,叶底秋痕瘦;生小怕言愁,言愁不耐羞。

二

晚风无力垂杨嫩,情长忘却游丝短;酒醒月痕低,江南杜宇啼。痴魂销一捻,愿化穿花蝶;帘外隔花荫,朝朝香梦沉。

〔**出处**〕《弘一大师文钞》

〔**词作背景**〕杨翠喜,清末名伶,多种资料称其出生于杨柳青镇姚家店胡同。幼年家贫被卖给放高利贷的杨益明,取名杨翠喜。后被杨益明转卖给陈豁子,在其剧团学习河北梆子。成为红角后,被天津巡警道段芝贵看中。光绪三十二年(1906),段芝贵将杨翠喜献给来天津的御前大臣农工商部尚书、庆亲王奕劻的儿子——贝子衔载振。段芝贵因此官运亨通,升任黑龙江巡抚。后段芝贵献美得官,被人告发,参奏的折子经过慈禧太后批示,段芝贵撤职,派醇亲王载沣、大学士孙家鼐详细查办。奕劻主动请求慈禧裁撤载振职务。杨翠喜也被送回天津,归盐商王益孙。杨翠喜虽然身世坎坷,但却是惊艳一时的红伶,引无数名仕追捧。当时,著名的津门才子李叔同就曾痴情于她。他每天晚上都到"天仙园"为杨翠喜捧场。光绪三十一年(1905),即杨翠喜案发生前一年,李叔同写了该词。最早发表在《南社丛刊》第八集中。由于这段交往,甚至后来有人附会李叔同出家与其和杨翠喜的爱情无果有关。

〔**作者简介**〕李叔同(1880—1942),又名李息霜、李岸、李良,谱名文涛。祖父李锐,原籍浙江平湖,寄籍天津,经营盐业与银钱业。父李世珍,字筱楼,清同治四年(1865)进士,曾官吏部主事,后辞官承父业而为津门巨富。六岁启蒙,十六岁考入城西北文昌宫旁边的辅仁书院。十六岁时,李叔同奉母亲之命,娶茶商之女俞氏为妻。后迁居上海,与沪上名流交往。期间经常回天津。1905年,其生母王氏病逝,携眷护柩回津。后把妻子和两个孩子留在天津,东渡日本留学。1906年9月29日,考入东京美术学校油画科,与同学组织"春柳社",这是中国第一个话剧团体。1910年李叔同回国,任天津北洋高等工业专门学校图案科主任教员。翌年任上海城东女学音乐教员。1912年应聘赴杭州,在浙江两级师范学校(翌年改名为浙江省立第一师范学校)任音乐、图画课教师。1918年春节期间,在虎跑定慧寺拜了悟和尚为其在家弟子,取名演音,号弘一。农历七月十三日,入虎跑定慧寺,正式出家。农历九月,入灵隐寺受比丘戒。1920年6月,赴浙江新登贝山闭关,研究律学。1924年5月,至南普陀寺,参礼其最膺服的印光大师,并拜其为师。1931年,发愿弃舍有部律,专学南山律宗。1941年4月,赴晋江福林寺结厦安居,并讲《律钞宗要》,编《律钞宗要随讲别录》。1942年10月13日,圆寂于泉州不二祠温陵养老院晚晴室。李叔同以其重振南山律宗的成就,被佛教界尊为律宗第十一代祖师。

津西花事

运河西营门段旧影（西青区档案馆提供，冯立彩化）

牡丹花(刘体洪拍摄)

城西花厂

(清)汪　沆

重红复翠接村畦，
比屋都居花太医。
剧爱小圃蜂蝶闹，
篮舆日日挂偏提。

小圃,村名,在城西;与大圃相邻,居人皆以艺花为业。

〔**出处**〕《津门杂事诗》
〔**作者简介**〕《杨青驿》中有介绍,不赘。

天津口号

(清)于豹文

一

然花①巧匠出西郊，

腊月春回绽丽苞。

博得富儿齐解橐，

争言富贵在堂坳。

二

纱窗晨启静无哗，

侧耳遥听唤卖花。

蜂蝶忽来知已至，

千红万紫是生涯。

〔出处〕《南冈诗钞》(卷十五)

〔作者简介〕前文《天津口号》诗后有介绍，不赘。

---

① 然花,指于密闭房中燃火升温,令花冬季开放。

晓雨初霁心谷伯兄招同荆帆西颢江皋向叔循初文锡过水西庄遂至宜亭旧址历小园种花诸处饮赵氏田舍

(清)查 礼

一

初晴天气淡无涯，
斜插青帘卖酒家。
遥望水西村路近，
出墙几树野棠花。

二

黄苇编篱白版扉，
家家门外野花围。
浇花才毕担花去，
三五成群露满衣。

三

晚麦青青早麦齐，
春风吹浪绉平畦。
地闲人静无嚣事，
隔岸村深叫午鸡。

〔出处〕《铜鼓书堂遗稿》（卷四）

〔作者简介〕《杨青驿马上口占》诗后有介绍，不赘。

大觉庵看芍药

（清）崔　旭

大觉庵前艳彩霞，

千畦锦绣属僧家。

游人漫说丰台好，

佛地春开芍药花。

大觉庵在芥园河北，庵外种芍药甚多。

〔**出处**〕《津门百咏》

〔**作者简介**〕《津门百咏——杨柳青》诗后有介绍，不赘。

城西花事

(清)蒋 诗

小园村与大园邻，

艳紫嫣红花朵新。

五十二村春正丽，

相逢都是卖花人。

《天津县志》：大园、小园各村卖花。

〔**出处**〕《榆西仙馆初稿》(卷二十六《沽河杂咏》)

〔**作者简介**〕前文《杨青驿》诗后已有介绍，不赘。

西郊看花有感

（清）梅成栋

花欲零星态倍妍，

亦如人老意缠绵。

多愁时节逢寒食，

不语心情惜少年。

何处绿杨生废苑，

谁家青草覆新阡。

五陵豪贵偏相遇，

骏马骄嘶红杏前。

〔**出处**〕《欲起竹间楼存稿》（卷五）

〔**作者简介**〕梅成栋（1776—1844），清代诗人，字树君，号吟斋。天津人。嘉庆五年（1800）中举人。道光十五年（1835）中进士。道光年间倡立辅仁学院，主讲席十余年。曾在天津水西庄与文人名士结成"梅花诗社"，有许多诗作在士林传诵，是当时天津诗坛公认的领袖。著有《欲起竹间楼存稿》《树君诗钞》《吟斋笔存》等，辑有《津门诗抄》。

因久考进士不中，曾经表示"一切利名幻想都已消归"，阅读大量佛经。与僧大空（释眼觉）交好，有诗词往来。

津西花卉（刘体洪拍摄）

大觉庵看牡丹

（清）梅成栋

花国遥临水，

东风扑面香。

千畦封暖翠，

一径艳斜阳。

蝶密红围寺，

莺啼绿过墙。

村僧解迎客，

半日足徜徉。

〔**出处**〕《欲起竹间楼存稿》（卷五）

〔**作者简介**〕前文《西郊看花有感》诗后有介绍，不赘。

初夏闲居

（清）梅成栋

柴门无事掩芳苔，

有客求诗偶一开。

塞耳畏闻新世事，

翻书喜见古奇才。

玫瑰入市春花尽，

芍药簪并夏景来；

又是一年容易过，

樱头红映掌中杯。

〔出处〕《欲起竹间楼存稿》(卷五)

〔作者简介〕前文《西郊看花有感》诗后有介绍，不赘。

夏日同梅鹤庵从择三游一柳园艳雪楼水西庄用眼前景口头语触目动怀成诗

(清)陈 珍

犹忆嫣红映晚霞，

东风憔悴曼殊家。

此花怪底名娄尾，

不过春时不见花。

时芍药正开。

〔出处〕《鸪叶庵遗稿》

〔作者简介〕前文《丙子上巳西郊登福寿宫大楼即景口占》后有介绍，不赘。

晚香玉（李淑起拍摄）

津门杂咏

（清）王韫徽

晚香最爱玉为肌，

秋色先看腊缀枝。

兰菊津门呼为江西腊，夏末秋初颇多。

清晓小窗人乍起，

隔墙听唤卖花儿。

〔**出处**〕《续天津县志》（卷十九）

〔**作者简介**〕王韫徽（生卒年不详），字淡音，女。江苏娄县人，知府王春煦女，长芦盐大使杨绍文妻。工诗画，著有《环青阁诗稿》。

运河轶事

杨柳青木桥旧影(西青区档案馆提供,冯立彩化)

1933年杨柳青十三街国术胜舞老会合影（胜舞老会提供）

得胜口谣

癸丑九月，贼犯津门，义民杀贼无数。改稍直口为今名。

（清）法　良

解一

逆寇扰畿疆，

锋锐不可当。

焚掠郡邑如贪狼，

鼠纵直沽津西乡。

解二

官惊吏哭守城，

焚屋义民竞起。

揭竿斩木迎战，

十里我生贼戮。

解三

火枪如林水中伏矣，

鸣金一呼万众行矣。

杀贼若犬羊，

滨河血花紫。

远遁静海七十里。

成城之效有如此，

飞章献捷报天子。

解四

嗟余行间一载余，

曾习贼技如黔驴。

几人奋勇当驱前，

逆焰消尽正气扶。

得胜口真堪呼，

此郡忠义天下无。

〔**出处**〕《沤罗庵诗稿》（卷十一）

〔**作者简介**〕法良（生卒年不详），字以庵。满洲正红旗人，瓜尔佳氏，斌良之弟，官江南河库道。清代诗人，著有《沤罗庵诗稿》，且工花卉，工书法。

清代散文家梅曾亮称其诗"学东坡,得清旷之而远以唐贤优游平
夷之情"。

津门小令

（清）樊　彬

津门好，

轶事几搜罗。

杨柳营开周总帅，

桃花血溅费宫娥，

姓字未销磨。

明周遇吉于我朝大兵入关，伏兵杨柳青大战。东门内费家巷，相传明费宫人故居，即"刺贼一只虎"者。

〔**出处**〕《津门小令》

〔**作者简介**〕前文《津门小令》诗后有介绍，不赘。

杨柳青避寇

（清）林昌彝

杨柳青人家，
两岸罗云屏。

司关小吏如蝗螟，
洋烟吐纳闻臊腥。

沧州城门血为醴，
流离万室愁伶仃。

一妇抱子逃骊骊，
我救其子哀三龄。

令殉难，其妻携子逸。

其母投水同蜻蜓，
举足一跃归河灵。

鲤鱼风起扬飞舫，
顷刻舟返天王廷。

得大风，二时舟折回天津卫，复诣京师。

苍苍佑我少微星，
幸免去饮探丸硎。

迟一时便为贼所掳。

〔**出处**〕《衣谳山房诗集》卷六

〔**作者简介**〕林昌彝（1803—1876），字惠常，又字芗溪，晚号茶叟、五虎山人。侯官(今福州)人。清道光十九年(1839)举人。清代爱国学者、诗人、诗评家。

林昌彝幼时家贫,其母亲课。族人以为读书无用,逼其母让其经商。其母以跳井抗争。林昌彝得以继续求学。十七岁县试、府试均名列前茅。后得到鳌峰书院山长陈寿祺赏识,拜入门下。陈寿祺家中藏书有八万余卷,林昌彝用七年时间读遍。

与林则徐意气相投,林则徐的女儿普晴和女婿沈葆桢都从学于林昌彝。鸦片战争时,给林则徐献《平夷十六策》和《破逆志》。林则徐称:"其间规划周详,可称尽善,此百战百胜之长策。"

鸦片战争失败后,林昌彝"目击心伤,思操强弓毒矢以射之",命名所居之楼为"射鹰楼"。著诗评《射鹰楼诗话》。该书强烈表现出林昌彝强烈的爱国反侵略情怀。

林昌彝本身也是一位诗人,著有《衣讔山房诗集》。

同时期的著名学者阮元称其"诗笔沈雄幽逸,兼汉魏盛唐之胜。其坚实妍雅则虎头、遗民、金风、亭长之劲敌也"。

津门健令行有序

（清）史梦兰

　　《津门健令行》为谢明府作也。明府讳子澄[①]，字云航，四川人。以孝廉宰天津，廉明慈惠，才武过人。津之士庶咸爱戴之。咸丰癸丑初冬，粤匪扰及津门，畿辅震动。公率乡勇御贼于城西黄家坟，斩获千余级。贼前队歼除几尽。既而贼众大至，公又设计诱之，屡挫其锋。贼遂退保独流，为自守计。公之战也，每出必身先士卒。士气踊跃，莫不一以当百。以故屡战屡胜。十一月二十四日与贼战，贼已却矣，因主帅鸣金太早，贼复反追。公徒步殿后，身被数创，力竭无援，遂自沉于河。逾日有冰类床，载尸浮水上。军民环视痛哭，如丧所亲。通邑皆缟素焉。噫！自贼犯顺以来，所过城邑，往往望风而靡。向使守土者尽得如公，贼安能飞至于此？而公亦何至捐躯锋镝也？余曾识公于卢龙，因感赋此什。

贼氛未至令先来，

危城得保真幸哉。

贼氛未灭令先死，

未烬余灰复炽矣。

---

　　① 子澄，即谢子澄（？—1853），字云航（《清史稿》），一字云舫（《晚晴簃诗汇》等）。四川新都人。清道光举人，授知县。咸丰中，先后任直隶无极、天津二县。任天津知县时，正值太平天国北伐军进击天津，他率团练抵抗。在小稍直口（今属西青区西营门街）击败太平军，逆转了形势。

　　太平军败退杨柳青。农历十月初十，谢子澄带兵攻剿，趁太平军措手不及将其树立的木垒拆毁，让太平军失去了屏障。此时胜保和僧格林沁的大军都到达了附近，对杨柳青形成威胁。于是，太平军将他们曾驻扎的报恩寺、山西会馆、玉皇庙、文昌阁等处用火引着，退向独流。此时，胜保要用巨炮轰击杨柳青镇市。谢子澄奋而力争说："贼去矣，彼皆良民，何忍击之?!"杨柳青得以保全。后升知府。

　　咸丰二年（1852），战死于独流镇之役。加布政使衔，谥忠愍。

当今谁是真将军，
烟阁云台望策勋。
帐下貔貅三百万，
丧师失地何纷纷。
谢公作宰津门下，
本是西川一儒者。
杜母仁能遍邑闾，
冯魴武更娴弓马。
夜半妖星照郭门，
满城鼙鼓惊心魂。
谢公闻之奋袖起，
一麾义勇如云屯。
呜呼乡勇胡能此？
下之好义上所使。
负担争先运糗粮，
称戈誓欲同生死。
手提短刃入贼垒，
贼骑当之皆披靡。
幺麽相戒避其锋，
共称南八真男子。
国中漫道虚无人，
忠勇从兹让小臣。
壮士方期张赤帜，

孤军讵料没黄巾。

身先士卒还奔殿，

创血淋漓犹步战。

铁骑哀嘶失主归，

河冰乍拆天飞霰。

军民痛哭风云愁，

一时妇孺服皆变。

逾日尸浮水上来，

英灵未改生时面。

立祠赠爵国恩优，

杀贼犹为厉鬼不。

梦醒黄粱刚一瞬，

公有所辑《黄粱梦诗钞》数卷。

名垂青史已千秋。

健哉公止一县令，

竟能奋勇捐躯命。

若假斧钺使专征，

贼氛安得猖獗如枭獍？

吁嗟公止一县令！

〔**出处**〕《尔尔书屋诗草》（卷二）

〔**作者简介**〕前文《天津竹枝词》后有介绍，不赘。

谢子澄胜太平军收复杨柳青

（清）马恂

　　癸丑九月二十八日，天津谢大令子澄，字云舫，率乡勇击南贼于黄家坟，大败之。天津遂安。贼窜据杨柳青。十月初五，胜将军至，授谢大令官军二千。同击贼，复败之。围诸静海收复杨柳青镇。

霜风迅扫渤海清，

琅琅草木摇天声。

天声振厉天威畅，

狼星匿影威弧①明。

保障畿东尊县令，

陷坚摧锐提民兵。

已闻残寇困静海，

指日郊甸皆安平。

忆昨九月哉生魄②，

武安间道贼纵横。

蹂躏临洺径北窜，

三百余里无坚城。

胜将军出土门口，

金戈铁马驰兼程。

藁城驱兽已入阱，

①弧，古代指弓箭。
②生魄，指月末。

惜哉定见无韩宏。
旁走忽惊兕出柙，
晋州骤覆深州倾。
深州防陆未防水，
突出诡道群妖行。
是时将军向无棣，
景沧扼要方连营。
贼智鬼蜮乍返走，
鸥张势逞津门惊。
津门富盛舟车辏，
北辰拱卫依神京。
盐官禺荚重钦使，
总戎观察罗旗旌。
筑室道谋事匪易，
万人待命心怦怦。
县令谢公官七品，
奋起简练呼编氓。
民之戴公如父母，
输资输力廷为盈。
拔才先释越石父，
使人不让淮阴精。
翦除间谍弭内患，
更擒伪使穷贼情。

先擒奸细三十余名，女贼一人。贼伪为差官，诈取火药。总镇欲与之，谢公讯诘奸状，穷其情，立斩之。奸细谋纵火，亦擒之。

黄家坟头妖伏匿，

鹏鹍夜半军牙鸣。

贼至天津，炊食黄家坟。有乞人见之，走报谢公击贼。

谢公独出土团集，

身先士卒锋敢撄。

一战再战贼摧折，

虑周未肯归闲阂。

一军驻野壶浆馈，

大饼争擗肥牛烹。

战胜。谢公虑回军贼必扰关厢，遂驻营于野。民争以饼粥烹牛送供军食。

指挥行阵壮貔虎，

有嘉折首功先成。

骁贼飞斗有髇①首，

百战不惧火炮铦。

公遣猎舟发连铳，

一击坠地凫鹭轻。

贼渠号秃子三王，踊跃，炮不能伤。谢公募猎凫舟人，以排枪击毙。秃自言经一百七十战。

大头羊自粤西起，

奔突直进如狂酲。

---

① 髇，(鬓发)脱落。

公麾健军擒之到，

系颈不异牵牺牲。

贼渠大头羊为刘继德①冒火炮生擒，并夺其大司马大旗。

县令战胜将军至，

合军急击消欃枪②。

四张天网靖余孽，

蔓草岂复留枝茎。

胜将军至，谢公从之，击贼于杨柳青。贼窜入静海城，遂围之。谢公言乘胜急击，贼可悉殄，而胜将军不从，休军数日。贼遂得于静海作冰城、泥垒，猝不易攻。

贼自江皖走豫晋，

狂势黑海翻鲵鲸。

高牙大纛几偃仆，

县令岳立功峥嵘。

使得如公十余辈，

早奠皇路歌由庚。

上功幕府奏天子，

九重申命须殊荣。

冠飘孔翠阶第四，

闻谢公赏戴花翎，加四品衔。

---

① 刘继德，回民，天津人。太平军进攻天津时，盐商张锦文建议，从监狱罪犯中挑选罪不至死者，激令杀敌赎罪。征得天津各官同意后，由张锦文作保。刘继德在其中。出狱后振臂一呼，聚集千余人，由其率领赴教场听用。后于战斗中擒杀太平军首领。

② 欃枪，指彗星。古人认为是彗星是凶星，主不吉。比喻邪恶势力。

勋爵遍及酬民诚。

赏乡勇四百六十人顶戴有差。

远谋恢洪见崇让，

谢公辞赏，请俟藏事。赏刘继德六品顶戴，亦辞，谓已邀免罪恩。

丰功肇建闻从征。

太常纪绩铭钟鼎，

自任固应师阿衡。

渌平邻壤亦欢颂，

荷公陈力遏乱萌。

淮云慈闻浙水被，

黄河润真九里并。

我昔摄铎向古赵，

获从公游联诗盟。

大雅扶轮士宗仰，

长材小试民歌赓。

已颂循良明镜朗，

今闻功烈青天擎。

风流丞相仰安石，

苍生倚重垂高名。

后先辉映定齐躅，

岂如介甫徒墩争。

车骑才征使履展，

八千浥水摧敌勍。

今之战多亦卓越，

乌衣旧望瞻豪英。

谢公蜀贤字云舫，

大功竟出一儒生。

〔**出处**〕《此中语集》，引自史梦兰《永平诗存》（卷十四）

〔**作者简介**〕马恂（1793—1865），字瑟臣，号半士，直隶迁安人。清代诗人。小时候学做诗，就有与古人争席之志。十四岁丧父，奉母读书。与邑中文士结社，很有名声。道光二年（1822）、十二年（1832）两中副榜，选柏乡教谕。但仍有志于科考，曾经说："有母在，欲博一第耳。"后母卒，遂绝意仕途，专心于学问经典，主讲锦州凌川书院。曾经参与纂修《昌黎县志》《永平府志》。著有《此中语集》五十六卷，书已散佚不存。只有史梦兰编辑的《永平诗存》卷十四、卷十五收录了《此中语集》中的两卷诗歌。

过天津吊谢云航

（清）臧维城

狡兔爰爰雉罹罗，

吊贤良兮惊逝波，

望津门兮发哀歌。

忆昔粤匪肆抢攘，

专阃将军策独长。

大兵南下惟防堵，

如川隤壅已多伤。

鸟乌声乐贼势张，

破竹而下谁扼吭。

朝奏升平夕失陷，

皖湖翻覆似簸扬。

大江南北任跳梁，

金陵窃据蚁蜂王。

呜呼！

将兵者谁稚且狂，

养痈成患乃竟波及于吾乡。

蓦地江河忽飞渡，

势如云屯与水注。

兵卒弃伍将弃关，

贼营兔窟期负固。

闻道谢公秉孤忠，

数年声绩震畿东。

卷地贼氛谁捍御？

中流砥柱惟此公。

地本咽喉天咫尺，

忍教丑虏逞蛇豕。

屠儿市贾尽貔貅，

云集一呼真臂指。

誓期旦夕靖烽烟，

著鞭肯让祖生先。

义勇欢呼动天地，

惟公督率往无前。

将真如龙士如虎，

炮声雷轰贼失伍。

何期顽庶竟鸣金，

嗟哉！此时英雄难用武！

众情阻兮臣心寒，

贼锋炽兮臣心丹。

拼将一死障狂澜，

身被重创赴急湍。

吁嗟乎！功成忽隳兮恨漫漫，

握节死战兮气桓桓。

　　　　　　水呜咽兮风悲酸，

　　　吊公忠魂毅魄之不没兮长留于津滩。

〔**出处**〕史梦兰《永平诗存》（卷十九）

〔**作者简介**〕臧维城（生卒年不详），字友山，直隶乐亭人。清道光八年（1828）戊子科举人。大挑一等、任山东济南府新城县知县。后因清查案件事，罢官回籍。

史梦兰称其"诗笔清健，不染尘嚣"。

挽谢云航明府

（清）张　堂

妖风谁使逼神京，

慷慨登坛宝剑鸣。

七尺躯甘捐卞壶，

九重面未识真卿。

锦袍染血朝临阵，

铁骑嘶风夜斫营。

一片忠魂销不得，

怒涛犹作战场声。

公尸得于水中。

〔**出处**〕史梦兰《永平诗存》（卷二十一）

〔**作者简介**〕张堂（生卒年不详），字肃亭，直隶滦州人。清道光甲辰（1844）举人，咸丰癸丑（1853）大挑一等，需次陕西知县。未补缺卒。好藏书。诗以格调为主。诗集未有完书，所存数首。

史梦兰称其"五七言近体饶有唐音"。

太平军北伐图

津门邑侯

(清)王 朴

癸丑岁,邑侯却贼于津门,远近闻风忭颂。余思歌下里以纪其事,会郭怿琴孝廉、蔺一泉茂才各出所作长篇,并以史孝廉香崖原唱相示,遂为七古以和之。邑侯姓谢,讳子澄。

> 粤西俶扰封狼奔,
> 衡湘九郡悲声吞。
> 大江南北失防守,
> 妖旗迤逦窥津门。
> 津门谢侯本儒吏,
> 约束群材如指臂。

椎牛歃血誓同仇，

敢为朝廷激忠义。

义军初战芥园西，

在稍直口。

小舟雁户藏河堤。

雁户常以连珠小铳取水禽，今令伏于河之南岸以伺贼。

连珠铳发无虚发，

贼军错愕心魂迷。

小却未却不肯却，

彻夜雷声相激薄。

残星未灭晨光熹，

林中瞥见蚩尤旗。

霹雳一声崩对岸，

贼渠堕地鸮音乱。

伏兵突出刀光明，

盐政练长芦乡勇数百，先伏于稍直口之北岸。

此际杀伤殆将半。

义军不欲赌穷追，

权息民劳抒急难。

贼艘载宝委中流，

分赏战士当干糇。

大军尾贼来飘忽，

贼去津门已三日。

破败黄巾心胆寒，

再战三战形雕残。

退据独流无斗志，

畿辅甫觉人心安。

三载军兴縻国饷，

于今始一挫凶顽。

无边浩泽来天地，

纶诏煌煌奖冯异。

超迁五马卸花封，

暂统民兵附官骑。

谁识身提常胜军，

先时已触监军忌。

元戎六幕展霓旌，

会期剿贼雷鼓鸣。

叠山志在歼群丑，

但励前茅不防后。

眼见豺狼溃且奔，

须臾反噬如鲸吼。

方识诸军马首东，

不及鸣金先退守。

官兵本为乡勇后继，将胜之时，后军遽退，邑侯遂受重伤。

北风惨咽阵云摧，

啮血河津冻忽开。

臣心本似冰心结，

誓死清流不复回。

楼船明日巡河口，

冰载侯尸去船右。

十三伤丽胸腹间，

始信偏师非怯走。

大帅谓邑侯怯战逃逸，冰陷溺水，会勘七伤在前，众议始定。

满城缟素哭睢阳，

帝恩叠沛褒忠良。

保障全燕功已赫，

虽骑箕尾有余光。

君不见崇祠新启天章焕，

一代英名汗简香。

〔**出处**〕史梦兰《永平诗存续编》（卷一）

〔**作者简介**〕王朴（生卒年不详），字守愚，直隶临渝人。清道光己亥科（1839）副榜，著有《知白斋诗草》。

王朴非常孝顺。其母病危时，王朴上疏文昌宫，愿意以自己之命数延长母寿，后来果符其数。晚年掌教榆关书院，培养了很多人才。

史梦兰称其诗"志和音雅，俱得弦外余音"。

天津谢明府挽歌

（清）郭长清

勇哉谢公，

力捍津门。

匪独津门，

畿甸沾恩。

呜呼！

天生谢公作屏翰，

胡为乎顿为仗节授命之忠魂？

魂兮缥缈归帝乡，

天地变色风沙黄。

甘棠遗爱在孤竹，

众闻军报金悲伤。

忆昔卢龙作宰时，

但为保障不茧丝。

丁字沽头须抚字，

夺我召父往使治。

无端警报弃临洺，

妖旗横扫赵连城。

潜入沧瀛陷静海，

志图燕蓟兼平营。

天津水陆襟吭地，
谢公先事多筹备。
组甲三百被练千，
脱囚衅沐皆知义。
义勇真成鹅鹳军，
出城亲战黄家坟。
义旗一埽士气奋，
叱咤顷刻摧妖氛。
闻公帅师酣战日，
雁户雷车鬼神泣。
猛士超跃气无前，
利刃生风当之殪。
手中倒提血骷髅，
云是逆贼将军头。
擒贼擒王贼胆破，
从此欃枪暗欲收。
败残贼退独流镇，
谢公惟绾天津印。
命吏守土限封隅，
况复兵单敢轻进？
郊原十里望尘埃，
焦盼大师提兵来。
醝府飞章奏公捷，

诏书褒美称公才。

越级超升二千石，

冠飘雀尾长一尺。

八千子弟任自随，

十万貔貅俾参策。

谁知勇爵初分荣，

天意不欲荣公生。

庙堂懋赏激肝胆，

誓以死报输丹诚。

层冰在河阵云黑，

入帷请战期朝食。

有令诸军勿轻举，

惟公寝兴思灭贼。

阴风惨淡画角悲，

报到敌人乘隙窥。

公闻军令奋臂起，

五百壮士相追随。

首先拔帜渡河去，

却舍征驹踏长步。

短兵相接战血腥，

杀人如草不知数。

忽闻后队纷鸣金，

顿乱前队征人心。

炮台守旗羽林卒，

一时溃散无处寻。

都统头颅入贼手，

贼之别队塞河口。

公已深入后无援，

誓死阵前不返走。

面伤数处不知痛，

血染征袍雪花冻。

亲兵只余三两人，

恸哭五百同心众。

贼众大呼生致公，

丈夫不辱贼营中。

河冰窨处跃身入，

蛟龙喷血波流红。

波流红，贼不知，

军中明日求公尸。

忠骸挺然在河曲，

翎冠甲裳冱流澌。

十三伤在胸腹上，

知非却步与贼抗。

三军罗拜舁公还，

万众观之皆感怆。

津门道上招魂归，

三十里路纸钱飞。

旧时部曲皆缟素，

居者罢市泪交挥。

哀动舆情众所见，

军报已上通明殿。

赏延后嗣恤典隆，

嘉予文臣尚敢战。

大河以北论战功，

守卫孰与天津同？

天津无虞畿辅定，

公虽已死勋则隆。

愿公精魂常不泯，

在地河岳上列星。

或为万里之长城，

使彼敌锋不得乘。

〔**出处**〕郭长清《种树轩诗草》;史梦兰《永平诗存续编》(卷一)

〔**作者简介**〕郭长清(生卒年不详)，字廉夫，一字怿琴，直隶临渝人。清咸丰丙辰(1856)进士，官刑部郎中。著有《种树轩诗文集》。《永平诗存》中"凡山海之诗，多其采访"。

史梦兰称其诗"有晚唐风味"。

健令行吊谢云舫子澄明府

(清)张 山

橇枪倒射丁沽水，
水卷浮尸战士死。
死而不死乃有人，
碧血斑斓照青史。
健哉谢公孰与俦，
少年意气轻公侯。
论文雨夕诗人血，
击剑晴窗壮士头。
雷封久困风尘吏，
一官移牧天津地。
绶带犹存羊祜风，
请缨常抱终军志。
烽火连天惊贼来，
孤城守御何危哉。
誓师遍酌白徒酒，
大呼杀贼营门开。
弓矢居前矛戟后，
数十健儿相左右。
短后之衣刀在手，

十步以内人无首。

纷纷争避白马威，

自相践踏弃甲走。

是时麟阁已书勋，

方期刻日灭妖氛。

岂料黄巾合未殄，

将星偏易落前军。

城南再战援兵绝，

力尽仰天喷热血。

手拔靴刀故鬼号，

魂埋水国秋涛咽。

萧萧战马嘶悲风，

缟素三军一日中。

沈光身死齐垂泪，

张顺尸浮尚执弓。

公投河后，有冰如床，载尸浮出。

吁嗟乎！

耿耿丹心死亦安，

英气上拂星芒寒。

我作歌诗聊纪实，

何人史笔垂琅玕？

〔出处〕史梦兰《永平诗存续编》(卷三)

376

〔**作者简介**〕张山（生卒年不详），字亦仙，一字景君，直隶乐亭人。清岁贡生。著有《退学斋诗文集》。《永平诗存》中"凡山海之诗，多其采访"。

史梦兰称其"工吟咏。而性灵发越，不名一家；领异标新，往往突过前人"，"吾党不乏韵士，而景君称最，自景君没而吾道孤矣……"称张山的一些诗句"置之唐宋名家集中，几无可辨"。

津门健令行

（清）倪 垣

吊谢云航也。公讳子澄，四川成都府新都县人。道光壬辰孝廉，甲辰大挑一等，任直隶青、静、邯、卢、涞、极等州县。咸丰三年癸丑四月，知天津县事。九月，粤匪犯津门，以战死，年四十六。赠布政使衔，世袭骑都尉职，准请立祠。迁安马瑟臣学博赋诗详纪其事。香崖师首倡《津门健令行》，一时和者十余人，垣随声焉。

奔兕开匣突百粤，

鸱鸣狸啸难数发。

斗米作贼溯厥初，

羽翼养成任出没。

忆当小丑始蜂屯，

孰为国家酿祸根？

藤峡桂林遥万里，

跳刀走戟入津门。

津门要辖三畿赖，

一卒渡河成疥癞。

谢公家邻八阵图，

华胄遥遥接谢艾。

贼蹿晋晋州深深州来骄横，

津兵被调时无劲。

慷慨誓师虞允文，

振袂一呼民用命。

奇哉义气感何同，

墙间狴口尽英雄。

谈笑谋成伏雁户，

秃鹜毛脱堕秋风。

贼渠髻首为王，中雁枪毙。

一鼓擒贼主，

狱囚刘继德生擒伪大司马大头羊。

再战退贼伍。

贼退杨柳青镇，并据静海县。

每战公必先，

每先贼失武。

公气行如虹，

贼头落如雨。

屡挫猾锋胆已丧，

忽报将军天上降。

将军智勇笔难形，

六日贼筑两土城。

我公用兵贵神速，

国计民生为急务。

乘胜一挥本易除，

不教穷寇藩篱固。

恨杀苍苍亦嫉功，

忍听我公无归路。

我公无路入津门，

贼人有路出津户。

嗟乎！

我公一身从此已，

我公大名从此起。

天子褒忠青史垂，

惟有我公独不死。

〔**出处**〕《永平诗存续编》（卷四）

〔**作者简介**〕倪垣（生卒年不详），字启藩，直隶乐亭人。贡生，候选县丞。史梦兰的妻侄，从史梦兰学诗。性好吟诗，尤工绘画。著有《轩轩草轩诗》。

史梦兰称其"下笔即迥不犹人，故所作多新奇之色"。

书谢忠愍公①传后

（清）华光鼐

一

谢安经济竟通神，

百万苍生系此身。

屈指尽多敢死士，

伤心俱是再来人。

誓师慷慨筹先箸，

殉国凄凉愧后尘。

一纸不堪重捡读，

天涯有客为沾巾。

二

一枝秃管几徘徊，

旧事重题绝可哀。

九月霜寒军报紧，

七星风动画旗开。

何期蛟舞鸿嗷际，

竟有狼奔豕突来。

咫尺天威资保障，

涓埃孰是不羁才。

---

① 谢忠愍公，指清末天津县令谢子澄。前文《津门健令行有序》诗后有介绍，不赘。

三

黑夜喧传剧点兵，
至今念及尚心惊。
军无劲旅危如卵，
志切同袍固若城。
那有火攻纡上策，
全凭水勇振先声。
同僚讵乏匡时略，
鹤立鸡群自不平。

四

贼骑如云旌旆扬，
独流才破势披猖。
漫漫水国成戎国，
草草文场入战场。
鹅鹳迎风千里卷，
豺狼满道一身当。
剧怜旧日攀条处，
杨柳依依总断肠。

五

炮火连天兵气深，
仓皇携手共登临。
腐儒争献平戎策，
稚子都存荡寇心。

寒柝绕城秋瑟瑟，

疏灯夹巷夜沉沉。

英雄讵肯无功老，

一片风声雪满簪。

〔**出处**〕《东观室诗遗稿》

〔**作者简介**〕前文《登舟早发》诗后有介绍，不赘。

庚子支应

(清)柳溪子

　　前奉民滋扰,继而败兵退驻,联军经过,供应之繁多,何堪指数。于拮据异常之际,犹必议捐议赈,抚恤穷民,亦以安靖地面固结人心。惟此为当务之急,岂第泽及哀鸿云尔哉。恭维道宪首善倡办,现任候补诸君子协力赞成,并我同乡慷慨捐资助,加惠流亡,安抚乡里,洵近时至要善举也。为拟俚语以纪之。

我生嗟不辰,

世运逢板荡。

民教久抵牾,

演拳恣诬妄。

异端例禁严,

侧听发忠谠。

纵具耿耿心,

难祛非非想。

联军竞相侵,

畿辅遍扰攘。

天子且蒙尘,

斯民谁长养。

四围炽烽烟,

此境独清朗。

供应颇浩繁,

何从领国帑？
令尹昔毁家，
共切高山仰。
相勖法古人，
慨更常以慷。
源源接济难，
终窭愁负襁。
道宪代筹谋，
乡台恤里党。
款廉户口多，
推解讵能广。
电报从西来，
诸君何惆怅？
赶筹经费资，
白镪五千两。
外有八百奇，
续捐应比仿。
感吾保护艰，
词意洵英爽。
赈抚慰哀鸿，
嗷嗷不闻响。
义高人自钦，
岂必虑伏莽。

德厚福自延，

岂必邀上赏？

保全桑梓乡，

胜似青云上。

危局相国持，

有生同向往，

华夷望久孚，

可畏兼可象。

不日睹回銮，

太平幸重享。

〔出处〕《津西赘记》

〔作者简介〕柳溪子，杨柳青人，庚子之变时为杨柳青支应局局董。

《西青区志》第二十四编《艺文》第二章《著述经籍》中称《津西赘记》作者为刘文蔚，字霞轩，而著名历史学家翦伯赞则在其《义和团书目题解》中称："柳溪子似即刘恩厚之笔名。"

中国人民政治协商会议天津市西郊区委员会文史资料工作委员会1990年出版的《津西文史资料选编》第4辑中有许伯年、王鸿逵先生撰写的《义和拳在津西一带活动述闻》。该文中记有庚子事变中杨柳青保甲局成立的情况，并记局董有石元士、刘恩晋、王炳奎、刘恩波、王兆泰、石作瑷、石作琚、周锦树、董汇藩等人，其中包括刘文蔚，并注明其为举人，曾任伏羌县令。而没有记录刘恩厚之名。

从对杨柳青旧闻的掌握来看，许伯年、王鸿逵所讲应该比较可

信,由此推论,则作者柳溪子为刘文蔚笔名的可能性较大。但由于编者掌握资料有限,终究没有直接证据,所以此事存疑。

南运河杨柳青段上的车与船（日本"华北交通写真"公布，冯立彩化）

傅良臣离青

（清末民初）柳溪子

七月十二日，各国交还天津。驻扎杨柳青法司员傅，亦于是日回紫竹林。村人均送至村外而去，为拟俚语以纪之。

几行牌伞送联翩，

税驾年余忽转旋。

自是吾乡地运好，

廉明共颂法司员。

我军息鼓二年余，
适听渊渊振旅初。
从此自强名实副，
纵横荡决势何如。

知我原心罪我嗤，
迹邻武断实权宜。
上游特遣仁明吏，
恶习颓风一扫之。

〔**出处**〕《津西蟊记》
〔**作者简介**〕前文《庚子支应》诗后有介绍。不赘。

潼关道中逢数车载杨柳青妇女赴嘉峪关外作此哀之

(清末民国)许承尧

无食当远行，
无家当流离。
道逢东来车，
鱼贯临路歧。
车中载妇女，
凌杂无幨帷。
大妇襟被肘，
中妇手拄颐。
小妇病呻吟，
蓬首颦两眉。
亦有襁中儿，
索乳呱呱啼。
亦有颁白叟，
龙钟勉扶持。
问汝何从来？
丁沽水之湄。
问汝何所适？
关外天之西。

早春发蓟疆，

孟夏及秦圻。

迢迢嘉峪关，

卒岁以为期。

千山复万山，

难如上天梯。

大风吹尘沙，

利镞矻骨肌。

夜宿无枕褥，

晓寒无裳衣。

嗟汝适远道，

去去将何希？

无食当远行，

无家当流离。

故乡米价贵，

遑恤行路疲？

同行数十人，

亦有妍与媸。

妍者抱衾裯，

能作贫家妻。

媸者筋力健，

能把锄与犁。

关外人口少，

鬻嫁多得资。
关外荒地多，
垦辟事易治。
牛乳持作酪，
青稞持作糜。
羊毛持作绳，
马矢持以炊。
吾乡昔去妇，
今已捆载归。
有钱当归来，
无钱死边陲。
汝曹各有挟，
问汝何所携？
零星远方物，
琐琐钗钏微。
边人诧未见，
价贵如珠玑。
妇言未终陈，
我为常嗟咨。
我闻安西县，
久旱民苦饥。
肃州潘道尹，
寓书言之悲。

父老跽马首，

泣诉惫不支。

边役如虎狼，

边吏如夔魖。

五种新税法，

锱铢不曾遗。

敲骨吸髓尽，

乞命须臾迟。

嗟彼馁且死，

何能货珠玑？

有钱始娶妇，

无钱持底为？

哀哀泽中鸿，

粥粥坫下鸡。

天末无稻梁，

何处容汝飞？

可怜故乡树，

杨柳青依依。

〔**出处**〕《疑庵诗》

〔**作者简介**〕许承尧（1874 — 1946），字际唐，号疑庵，晚号苫叟。安徽歙县人。近现代方志学家、诗人、书法家、文物鉴赏家。二十一岁中举人，光绪三十年（1904）中进士，点翰林院庶吉士。次年返歙创办新安中学堂、紫阳师范学堂。又在唐模协助祖父创办敬宗小学、端则女学,开徽州新式教育先河。光绪三十三年(1907),复入京,授翰林院编修,兼国史馆协修。

辛亥革命兴,返歙,应皖督柏文蔚聘,任筹建芜屯铁路总办等职。1913年随甘肃督军张广建(皖人)入陇,任甘肃省府秘书长,补甘凉道尹,代理兰州道尹,调署省政务厅厅长等职。1921年随张广建返北京。1923年再赴甘肃,任渭州道尹。1924年辞官回京,同年由京返歙,从此绝迹仕途,在家乡以著述终老,著有《歙县志》《歙故》等。

国学大师、诗人汪辟疆在其《光宣诗坛点将录》称:"疑庵诗,风骨高秀,意境老澹,皖中高手。"

天津竹枝词

（清末民初）冯文洵

雪花又似柳花飞，

重利商人尚未归。

"自自回回"不如鸟，

"拆拆洗洗"促寒衣。

津人赴甘肃、新疆及俄蒙一带经商者杨柳青人为最多。靛雀大似瓦雀，土人呼为自自回回，又名自自黑。拆拆洗洗，秋虫名。

〔**出处**〕《丙寅天津竹枝词》

〔**作者简介**〕冯文洵（1880—1933），字问田，天津人。清末曾宦游巴蜀等地。民国三年（1914）赴龙江。1917年至1918年初任泰来县知事。1918年至1921年任海伦县知事。1928年再次游龙江，曾任黑龙江省政府秘书。九一八事变后，归隐天津。工诗善画，著有《海伦杂咏》《天津竹枝词》《紫箫声馆诗存》等。